서촌 오후 4시

서촌 오후 4시

김미경

마음산책

서촌 오후 4시

1판 1쇄 발행 2015년 2월 20일
1판 6쇄 발행 2023년 2월 15일

지은이 | 김미경
펴낸이 | 정은숙
펴낸곳 | 마음산책

등록 | 2000년 7월 28일(제2000-000237호)
주소 | (우 04043) 서울시 마포구 잔다리로3안길 20
전화 | 대표 362-1452 편집 362-1451 팩스 | 362-1455
홈페이지 | http://www.maumsan.com
블로그 | blog.naver.com/maumsanchaek
트위터 | twitter.com/maumsanchaek
페이스북 | facebook.com/maumsan
인스타그램 | instagram.com/maumsanchaek
전자우편 | maum@maumsan.com

ISBN 978-89-6090-219-0 03810

* 책값은 뒤표지에 있습니다.

과감하게 버려야 지키고 싶은 것들을 지킬 수 있다고 믿는다.
버려야 새로운 것들이 들어올 수 있는 공간이 생긴다고 믿는다.

브루클린 오후 2시, 서촌 오후 4시

쉰 살 되던 해인 2010년. 나는 지구 반대편 미국 뉴욕의 브루클린에 살면서 『브루클린 오후 2시』(마음산책, 2010)라는 책을 펴냈다. 제목을 '브루클린 오후 2시'로 정한 데는 그 나름의 이유가 있었다.

> 하루로 친다면 내 인생은 막 오후 2시쯤에 온 게 아닐까 싶다. 하루 중 '가장 뜨겁고 화려한' 오후 2시. 겉으로는 초라하지만 속으로는 가장 뜨겁고 풍만한 시간을 보내고 있다는 느낌이다. 그래서 『브루클린 오후 2시』다.

내 인생의 첫 책이었던 『브루클린 오후 2시』는 열심히 달려와

뜨거운 오후 2시를 넘기면서 그림자가 길어지기 시작하던 시점의 내 역사를 기록한 셈이다. 『브루클린 오후 2시』에 나는 '1억 년 후 나는 화가다'라는 제목의 글을 실었다.

한 달에 한 번씩, 아니 일 년에 한 번씩이라도 그림을 자꾸 그리다 보면 1억 년 후에, 맨해튼이 물에 잠길 그 시대에 화가로 내가 태어나리란 것을. 눈에 보이는 것마다 쓱쓱 그려대고, 눈에 안 보이는 것을 술술 상상해내는 화가로 말이다.

그래서 어설픈 내 그림들이 밉지 않다. 이번 주말엔 브루클린 브라운스톤 풍경 한 장 그려봐야겠다. 1억 년 후에 진짜 화가로 태어나고 싶다.

이번 생에서 화가로 살 수는 없지만, 열심히 그림을 그려, 다음 생에서는, 그것도 아주 겸손하게 1억 년 후의 생에서는, 화가로 태어나고 싶다는 욕망을 조심스레 비쳤었다. 그런데 책을 출간한 지 2년 후인 2012년 한국으로 돌아온 나는, 그때로부터 3년 후 옥상에서 서촌을 그리는 화가가 됐다. 1억 년을 확 당겨버린 셈이다.

어떻게 이런 일이 가능했을까? 나 자신도 신기하기만 하다. 서울에서 살았던 나와, 뉴욕에서 보냈던 시간, 그리고 다시 돌아온 서울에서의 시간이 서로 만나 어떤 묘한(?) 화학작용을 일으킨

게 아닌가 싶다. 그 화학작용은 내 속에 봉합된 채 잠자고 있었던 어떤 '욕구'에 불을 지폈나 보다.

이 책은 도대체 그 화학작용의 정체가 무엇인지에 대해 이야기하고 있다고 보면 되겠다. 왜 나는 다시 한국으로 돌아왔는지, 우리 나이로 쉰여섯 살인 내가 왜 회사를 뛰쳐나와 그림을 그리며 살고 싶어진 것인지, 길거리에서, 옥상에서 그림 그리며 나는 어떤 세상을 만나고 있는지, 내가 그리는 서촌은 어떤 모습인지, 그리고 무엇보다 나는 어떻게 한 발짝 한 발짝 화가가 되어가고 있는지에 대해서 말이다.

"나 참, 요즘 무면허들이 더 설쳐!"

스치다 우연히 내 그림을 보게 된 한 화가가 내 그림에 대해 뱉은 말이었다. 농담으로, 격려 차원에서 한 이야기로 그 자리는 순간 웃음바다가 되었지만 두고두고 그 생각이 났다.

무. 면. 허. 그렇다. 이 책은 '무면허 화가의 좌충우돌기'이기도 하다. 다른 사람들에게 피해 줄 일을 막기 위해 면허라는 제도가 생겨났지만, 면허 제도는 그 자체로 사람들을 위축시키기도 한다. 면허, 자격증 없이는 아무것도 할 수 없다고 여기는 세상이 됐다. 하지만 사랑하기, 숨쉬기, 걷기, 춤추기, 노래하기, 그리고 글쓰기와 그림 그리기…… 세상살이에 가장 중요한 이 모든 것들은 모두 면허가 필요 없는 일들이다.

수많은 독자들이 이 책을 덮는 순간, '화가가 되는 일은 숨쉬기만큼이나 자연스러운 일이구나, 정말 면허가 필요 없는 일이구나. 나도 그려 봐야지' 하며 고개 끄덕이기를 기대해본다. 면허증에 기대지 않고 제멋대로 살고 싶은 사람, 자기 색깔을 내며 더 자유롭게 살고 싶은 사람, 자발적으로 가난하게 살 각오가 되면 세상에 두려울 게 없다고 생각하는 사람, 그래서 새로운 인생을 새롭게 씩씩하게 시작하고 싶은 사람들 모두에게 이 책을 바친다.

이제 내 인생은 오후 4시쯤이 아닐까 싶다. 해가 서쪽으로 훌쩍 넘어가기 시작하는 오후 4시. 그림자도 짙어지고, 맘도 깊어지는 시간. 서촌 오후 4시. 내 그림도, 글도 길어지는 그림자의 흔적을 보여줄 수 있으면 좋겠다. 『브루클린 오후 2시』가 브루클린 소개서가 아니라 브루클린에서 살아간 한 여자의 이야기였듯, 『서촌 오후 4시』도 서촌 소개서가 아니다. 인생의 오후 4시를 서촌에서 보내고 있는 여자의 이야기면서, 오후 4시만큼 무르익은 서촌의 풍경이기도 하다.

내가 『서촌 저녁 6시』 『서촌 밤 11시』를 쓰고 그리다 서촌 할망구로 늙어 죽을지, 『티베트 저녁 6시』 『강진 밤 9시』 『맨해튼 밤 11시』를 쓰며 전혀 예측할 수 없는 미래를 만들어나갈지 현재로서는 전혀 알 수 없다. 『브루클린 오후 2시』를 쓸 때 5년 후 내가 서촌에서 화가로 살게 될지 꿈에도 상상하지 못했었던 것처럼 말이다.

어디서 어떻게 살든, 듣고, 생각하고, 춤추고, 고민하고, 사랑하는 이야기들을 계속 그리며, 쓰고 싶다. 황홀하게.

2015년 2월 서촌에서

김미경

차 례

서촌 가을

그림이 우리를 그려주었네

서촌 겨울

작은 돌멩이를 치우는 사람

자신이 정말 원하는 것이 무엇인지 귀 기울일 수 있는 용기,
그것을 위해 자신이 현재 가진 가장 소중해 보이는 것들을 버릴 수 있는 용기.
자신이 정말 원하는 것을 찾아 떠날 수 있는 용기.
그 용기만이 나를, 세상을 진정 행복하게 할 수 있는 게 아닐까?

서촌 봄

산다는 것 신나는 것

결정적인 순간에 용감해지는 여자

200여 명 여성들이 각자 자신의 삶에 대해 떠들어대는 녹음된 음성을 동시에 한 공간에 틀어놓고, 관람객들로 하여금 여성의 삶에 대해 생각해보게 하는 퍼포먼스를 준비 중인 설치 작가가 인터뷰를 요청했다. 몇 시간에 걸친 인터뷰가 진행됐다. 인터뷰가 거의 끝날 즈음 '나는 (　　)한 여자입니다'라고 한 문장으로 자신을 소개해보라는 주문을 해왔다. 나는 어떤 여자일까? 나는 그림 그리는 여자? 글 쓰는 여자? 매력 있는 여자? 한참을 떠들다 대답했다.

"나는 결정적인 순간에 용감해지는 여자입니다."

나는 약하다. 내 주장을 적극적으로 펴지도 못하고, 속으로 늘 벌벌 떤다. 누군가 나를 공격하면 바로 반박하지 못한다. 집에 돌아와 한참 후에야 '이런 말을 해줄걸' '저런 논리로 공격할걸' 하고 후회하곤 한다. 늘 '그 사람 입장에서는 그렇게 생각할 수도 있지~' 하는 생각에 적극적으로 의견 개진을 못하고 말이다. 어떤 상황이 발생하면 쉽게 '내 탓이오~'를 해버린다. 늘 조마조마 해한다. 겉으로 강해 보이고, 씩씩해 보이지만, 속으로는 불안불안 하다. 이렇게 비실비실

Nina Ahn

하지만 어떤 순간이 되면 갑자기 용감해진다. 나도 알 수 없는 힘이 불끈 솟아난다. 주변 사람들이 깜짝 놀라 어떻게 그렇게 용감하냐고 묻는다. 그런데 그 순간에 그런 결정을 하는 건 내겐 오히려 쉬운 일이다. 근본적으로 내가 자유롭지 못할 때, 정말 해야 할 말을 하지 못할 때, 내가 정말 하기 싫은 일을 해야 할 때, 나는 몸과 정신이 심하게 아파버린다. 아파서 더 이상 견딜 수가 없기 때문에 결단을 내릴 수밖에 없다. 내가 자유로울 수 있는 방향으로. 살기 위해.

뉴욕아 책임져라!

합치면 뉴욕에서 꼭 8년을 살았다. 1997년부터 1998년까지 1년, 그리고 2005년부터 2012년까지 7년. 2012년 봄 서울로 돌아왔다. 뉴욕은 내 인생 추억의 한 장으로 남았다. 2012년 뉴욕을 떠나기 전 나는 서울과 뉴욕은 가로줄에, 기본생계/인간관계/직장/언어/문화/철학 등 6개 카테고리는 세로줄에 넣은 큰 도표를 만들어 놓고, 도표 속 빈 박스에 뉴욕에 계속 살아서 좋은 점, 나쁜 점, 한국으로 돌아가서 좋은 점, 나쁜 점을 써보고, 점수도 요리조리 매겨보는 작업을 몇 날 며칠 동안 했다. 그날의 기분에 따라 점수는 이리저리 뒤바뀌면서 어떤 날은 꼭 서울로 돌아가야 할 것 같았고, 또 어떤 날은 뉴욕에서 계속 살아야 할 것만 같았다. 작업을 하는 동안 6개 카테고리 중 뉴욕은 문화 카테고리에서 항상 최고 높은 점수를 받았다.

뉴욕현대미술관The Museum of Modern Art이 직장에서 3분 거리에 있고, '메트로 뮤지엄'은 1달러만 내면 들락거릴 수 있는 뉴욕, '프릭 컬렉션' '모건 라이브러리'의 맛깔나는 전시에, 뉴욕 필하모닉 연주를 큰돈 안 들이고도 들을 수 있는 뉴욕. 동네 브루클린 작가들이 수시로 여는 오픈 스튜디오를 찾는 즐거움에, 가는 곳마다 새로운 문화 실험이 펼쳐지는 뉴욕을 버리고 떠난다는 것은 꽤 큰 고통이 아닐 수 없었다. 하지만 문화 카테고리의 높은 점수만으로 기본생계/인간관계/직장/언어/철학 카테고리의 낮은 점수를 외면할 수는 없었다.

돌아온 서울은 정겨웠다. 생계도, 인간관계도, 직장도, 언어도, 철학도 다 뉴욕보다는 좀 더 내겐 살 만했다. "세상에 한국말로 모든 일을 처리할 수 있다니! 세상에 내가 왜 그렇게 안 되는 영어로 쌩고생을 하고 살았던고!!" 싶었다. 그런데 서울로 돌아온 지 한 달쯤 될 때부터 이상한 일이 생기기 시작했다. 그림이 너무너무 그리고 싶어졌다. 처음엔 스마트폰에 긁적거리다 참여연대 그림교실에 나가 본격적으로 그림을 배우기 시작했다. 그리고 싶은 그림에 대한 생각이 자꾸 커져가면서, 주체할 수 없을 정도로 그림 그리는 일이 즐거워졌다. 급기야 직장을 그만뒀다.

갑자기 그림이 왜 그렇게 그리고 싶어졌던 걸까? 억눌려 있었던 내 무의식 속 표현욕구가 뉴욕이라는 자유로운 땅을 만나 쑥쑥 자라버렸던 게 아닐까 추측해본다. 나도 모르는 사이에 말이다. 뉴욕에서 혼자 자라던 그 표현욕구라는 놈이 다시 서촌이라는 매혹적인 동네를 만나면서 폭발해버린 게 아닐까? 하고 스스로 분석해보기도 한다.

뉴욕아! 너 책임져라!

직장 때려치울 두 가지 조건

"그림 그리는 사무총장~ 얼마나 멋있냐!"

"그림은 취미 생활로나 해!"

"환갑을 바라보는 나이에 무슨 화가가 되겠다는 거야?"

"그림이 밥 먹여주냐?"

"뭐 먹고 살 건데! 세상이 그렇게 호락호락한 줄 알아?"

"평생 그림 그린 화가들도 대부분 가난하게 사는데 지금 시작해서 뭘 어떻게 하겠다는 거야?"

27년간의 직장 생활을 뒤로하고, 아름다운재단 사무총장 자리를 팽개치고, 길거리 화가로 살겠다고 선언했을 때 주변에서 들은 이야기들이다. 다들 입에 풀칠하고 살려면 그림은 취미 생활로만 하라고 목소리를 높였다. 그 좋은 직장 왜 때려치우느냐고 성화였다. 솔직히 어떻게 살아갈지 막막한 건 나 자신도 마찬가지였다.

'그림 그리는 걸 딱 삶의 중심에 놓고, 온갖 아르바이트하면서 살기!' '하루 종일 그림 그리고 그 나머지 자투리 시간에 할 수 있는 아르바이트하면서 입에 풀칠하며 살기!' 이게 내가 갖고 있었던 유일한 답이었다. 직장 생활을 하면서 그리고 싶은 만큼 그림을 그릴 수 없었다. 주말에는 좀 쉬어야 하는데 주말 내내 그림에 매달리다 보니 주중 직장 생활이 고달파졌다. 퇴근 후에도 자꾸 '뭘 그리지?' '어떻게 그리지?' 그림 생각만 하고 앉았으니, 직장 일을 제대로 못하고 있다는 죄책감에 시달렸다.

하고 싶은 일과 먹고사는 일과의 갈등은 현대인들이 안고 있는 가장 큰 고민 중 하나다. "이거 정말 못해먹겠어! 어디로든 확 떠나버리고 싶어!" "목구멍이 포도청이다~" "정말 내가 하고 싶은 일 하며 살고 싶어!" 대부분 직장인들의 하소연이다. 이 꿈을 실현하기 위해 진짜 필요한 것은 딱 두 가지다.

첫째, 직장 일 말고 하루 종일 하고 싶은 일이 생길 것.

둘째, 가난하게 살 결심을 할 것.

'직장 일 말고 하루 종일 하고 싶은 일이 생길 것'. 요건 직장 생활을 때려치울 강력한 '필요조건'임에 분명하다. 하지만 아무에게나 그냥 일어날 수 있는 일이 아니다. 오랫동안 노력을 해야 가능하다. 결혼 생활하다 새로운 애인이 생긴 것과도 비슷하다. 만만치 않다. 새로운 애인이 가슴을 온통 뒤흔들어놓지만, 막상 큰 문제 없는 배우자와 이혼까지 강행하면서 연애를 키워가기는 피곤한 일이다. 대부분 몰래 숨어 살짝살짝 연애하면서 결혼 생활은 유지하는 쪽을 택한다. 들키면 오리발 내밀기. 안 들킬 때까지 계속하기. 그런데 그 사랑이 자꾸자꾸 깊어져 가슴이 터져버린다면? 이혼을 하는 수밖에 없다. 나는 하루 종일 그림 그리고 살고 싶어 미칠 것 같았다.

둘째, '가난하게 살 결심을 할 것'. 요건 가장 중요하다. 일단 이혼을 하고 새로운 사랑을 찾아 나설 땐 빈털터리로 시작해야 한다는 걸 받아들여야 한다. 이것저것 다 챙기고 새로운 사랑과의 여행을 떠날 순 없다. 빈털터리로 새로 시작한다는 것. 그것을 즐겨야 한다는 것. '가난하게 살 결심'은 직장 때려치우기의 '필요충분조건'이다.

간단하지 않았다. 평생 월급 받아 살다 월급 없이 산다는 일이. 먼저, 씀씀이를 팍 줄였다. 짐을 대폭 줄이고, 옆방에 룸메이트를 들여 집세를 받았다. 꼭 10만 원 내야 할 것 같은 사람 경조사비도 5만 원으로 줄였다. 택시는 절대 금물. 서너 정거장 정도면 꼭 걸어간다. 옷은 절대 새로 구입하지 않는다. 외식 일체 금지. 꼭 누군가와 함께 밥을 먹어야 하는 자리에서는 더치페이를 주장할 것. 하하.

2012년 취업포털 잡코리아가 남녀 직장인 1,709명에게 '가장 행복할 것 같은 직업'에 대해 물었다. 응답자의 18.7퍼센트가 시인, 화가 등을 포함한 '예술가'라고 답했단다. 국회의원(11.4%), 연예인(10.5%), 요리사(10.2%), 의사·변호사 등 전문직(9.7%), CEO(6.5%), 선생님·교수(6.3%), 대통령(5.4%), 공무원(5.0%) 등을 몽땅 다 제치고 말이다. '왜 그 직업을 행복하다고 생각하는지?'에 대한 질문에는 64.4퍼센트가 '하고 싶은 일을 하는 것 같아서'라고 답했다.

'하기 싫은 일을 시키니까 억지로 하면서' 사는 대부분 직장인들의 속마음이 드러난 응답이었다는 생각이 들었다. '하기 싫은 일을 시키니까 억지로 하면서' 살지 않으려면 투덜대고 '뒷담화 까는' 것만으로는 부족하다. 진짜 하고 싶은 일을 찾고, 그 일을 위해 월급 없이 살아가는 법을 걸음마 배우듯 배워야 한다는 것. 그로 인한 가난을 감수해야 한다는 것. 그 가난이 죽을 때까지 계속될 수도 있다는 사실을 받아들여야 한다는 것. 이 시대에 '하고 싶은 일을 하면서 살기'는 '가난 앞에 당당하게, 의연하게, 행복하게 살기'의 다른 이름일지도 모른다는 생각이 든다. 나는 예전보다 조금 가난해졌지만, 조금 많이 행복해졌다.

나이 들어 좋은 이유

"나이 들어 편하게 살지 왜 그렇게 어려운 화가가 되겠다고 야단이냐?" 하고 걱정해주는 사람들이 많다. 역설적으로 난 나이가 들었기 때문에 감히 화가가 되겠다고 결심할 수 있게 됐다고 대답한다. 그 이유는 이렇다.

첫째, 세상에는 아무리 열심히 해도 안 되는 일이 있다는 걸 알았으니까. 나이 들어서. 내가 아무리 열심히 그려도 엄청난 화가가 안 될 확률이 훨씬 높고, 그게 오히려 당연한 거고. 그래도 괜찮다는 거. 나이 들어서 알았으니까.

둘째, 세상에 내가 행복한 일 하는 것보다 더 좋은 일이 없다는 걸 알았으니까. 나이 들어서. 아무리 비싸도 나한테 맞지 않는 옷보다는 싸구려라도 내 스타일의 옷을 입는 게 훨씬 행복하다는 거. 나이 들어서 알았으니까.

셋째, 이러다 죽어도 좋다는 걸 알았으니까. 나이 들어서. 이생에서 뭔가를 꼭 이루고야 말겠다는 다짐은 바람 같은 거란 거. 나이 들어서 알았으니까.

어릴 적 소꿉놀이할 때, 병딱지를 열심히 찾아 모아 차곡차곡

쌓아두고, 사철나무 잎과 빨간 열매를 돌멩이로 콩콩콩 빻아 김치 담가 두고, 고운 흙 부스러기에 살살 물 묻혀 떡도 만들어 두고…… 그렇게 상다리가 부러지게 한 상 차리려면 한참이나 걸렸다. 그런데 애써 잔칫상을 차려 놓고 냠냠짭짭 먹다 보면 벌써 어둑어둑해져 집에 돌아가야 했다.

그때 어렴풋이 들었던 생각. '어? 이게 다야? 이렇게 열심히 차렸는데? 이게 정말 다야?'

뭔가가 더 있을 것만 같았다. 상을 다 차리고 나면, 엄청난 순간이 기다리고 있을 것 같았다. 아니었다. 그게 끝이었다. 그런 느낌은 자라서도 여러 번 반복됐다. 큰 프로젝트를 마무리할 때, 대형 행사를 마칠 때마다 늘 그 익숙한 질문이 다가왔다. '이게 다야? 정말 이게 다야?'

살아 보니 정말 '그게 다'였다. 과정이 그냥 인생이었다. 종착역에 거창한 클라이맥스가 따로 기다리는 게 아니라는 거. 지금 이 시간이 바로 우리 인생이라는 거. 과정 속에 클라이맥스가 순간순간 숨어 있을 뿐이라는 거. 모두 나이 들어 알게 된 거다. 그래서 화가가 되고 싶었다. 하고 싶은 거 하며 살다 그냥 죽으면 될 것 같아서. 엄청난 클라이맥스를 기대하지 않게 되어서.

딱 좋은 나이

"처자는 나이가 몇 살이라고?"

"서른다섯인데요."

"딱 좋은 나이네."

"네? 무슨……?"

"딱 좋은 나이라고…… 출가하기 딱 좋은 나이라고."

후배가 깔깔거리며 들려준 어떤 비구니 스님과의 대화 내용이다. 그 스님은 누구든 만나기만 하면 나지막한 목소리로 나이를 캐묻는단다. 그러고는 몇 살인지에 전혀 상관없이 "햐~ 출가하기 딱 좋은 나이네~ 딱 좋은 나이야~" 하면서 출가를 부추긴단다. 출가하기 딱 좋은 나이라니! 하하.

연애하기 딱 좋은 나이, 결혼하기 딱 좋은 나이, 딱 좋은 나이라는 개념과 그 실제 숫자는 시대에 따라 계속 바뀌는 듯하다. 내가 대학을 졸업하던 1980년대 초반만 해도 여자가 결혼하기 딱 좋은 나이는 23~25세였다. 스물여섯 살만 되면 노처녀 딱지가 붙었다. 하지만 최근 여성 초혼 평균연령이 33.4세라는 어떤 통계를 보면서 결혼하기 딱 좋은 나이라는 게 세월과 함께 얼마나 빠르게 변해왔는지 실감한다.

그림을 그리면서 미술 관련 잡지들에 등장하는 '신예작가 발굴 지원 프로그램' '신진작가 창작지원 프로그램' 등의 광고에 눈길이 갔다. "○○○미술관과 월간 ○○세계가 내일의 한국미술을 이끌어 나갈 참신하고 역량 있는 신진작가를 찾습니다." "한국 현대미술의 미래를 밝혀나갈 작가에게 창작지원과 창작활동의 활성화를 위해 신진작가 창작지원 프로그램을 실시합니다. 젊은 작가들의 많은 관심과 참여 바랍니다." 군침을 삼키며 찬찬히 읽어 내려가본다. 그런데 대상은 늘 '1980년 이후 출생자' '미술대학(대학원 포함) 졸업자이며 만 40세 이하의 신진작가' '만 28~45세 대한민국 국적을 가진 국민으로서 활발하게 미술창작 활동을 하는 작가'다. 1960년생이고, 게다가 미술대학 출신이 아닌 나는 머쓱하다. 물론 지금 당장 내가 그 대상이 되겠다고 우기려는 건 아니다. 하지만 40세 이상은 신진작가가 되기 힘들다는 판단은 이제 재고해야 할 시대가 된 건 아닐까? 신춘문예에는 나이 제한이 없고, 스님으로 출가하는 것도 조계종이 쉰 살일 뿐(조계종은 또 뭐야?ㅎ) 다른 종파에서는 나이 제한이 없단다.

생각해보면 누구든, 언제든 딱 출가하기 좋은 나이고, 딱 연애하기 좋은 나이고, 딱 신진작가 되기 좋은 나이다. 딱 누구든, 언제든. 딱 마음먹기만 하면 말이다.

개인적인 자아, 사회적인 자아

나는 서강대 국문학과 79학번이다. 박정희 대통령이 시해된 1979년 10·26으로 학교는 휴교하고 1980년 5·18항쟁으로 친구들과 함께 길거리로 나섰다. 책 열심히 읽고 그림 그리기 좋아하고…… 작가가 되겠다는 꿈을 안은 문학소녀. 그것이 그 당시 나의 개인적인 자아였다. 그런 개인적인 자아를 갖고 대학에 진학한 나는 헷갈리기 시작했다.

친구들은 '삐라'를 뿌린 후 잡혀가고, 대학교엔 군인들이 상주했다. 사회과학 공부를 하고, 데모대를 쫓아다니고, 사회 변화와 통일을 꿈꾸고, 사회 변혁을 위해 개인을 초개처럼 던져야 한다는 분위기 속에서 내 개인적인 자아는 저 멀리 억눌렸다.

이화여대 대학원 여성학과에 진학하고, 이후 〈또 하나의 문화〉 간사, 〈여성신문〉 편집장을 거쳐 1988년 한겨레신문 창간과 함께 〈한겨레〉 기자가 됐다. 사회변화를 위해 내 몸을 던져야 한다는 생각으로 온몸을 던져 일했던 것 같다.

사회적 자아로서의 삶이 더 중요하다는 생각, 사회적인 자아를 위해 개인적인 자아는 마땅히 희생해야 한다는 생각으로 살았다. 내가 원하는 일이 무엇인지를 생각하기보다 사회가 필요로

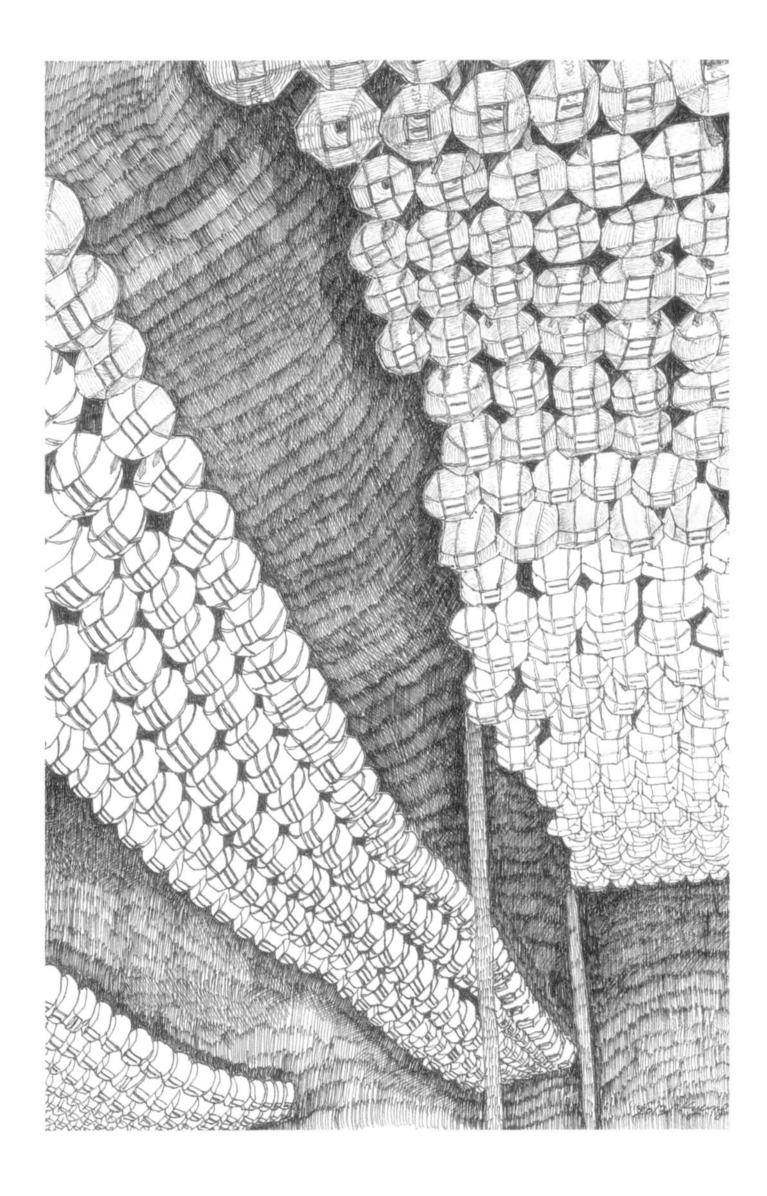

하는 일을 해야 한다는 의무감으로.

2005년부터 2012년까지 미국 생활을 했다. 내 사회적인 자아를 알아주지도 요구하지도 않는 미국 땅에서 평범한 직장인으로 살았다. 억압되어 있던 개인적인 자아가 쑤욱 자라 올라온 시기였던 듯하다. 사회의 변혁을 위해 끊임없이 일만 해야 하는 내가 아니라, 나 자신이 정말 원하는 것이 무엇인지를 찾아 그것이 일이 되어야 한다는 생각을 처음으로 진지하게 하기 시작했던 것 같다. '무엇을 해야 한다'는 생각에 눌려 오랫동안 나는 '내가 무엇을 정말 하고 싶은지' 몰랐었다는 사실을 깨닫기 시작한 게다.

그리고 다시 돌아온 2012년 한국. 또다시 사회적인 자아가 필요한 일을 하게 됐지만, 천천히, 아주 천천히, 내가 정말 많이 달라져 있다는 사실을 깨닫기 시작했다. 사회적인 명예 때문에, 당위 때문에, 억지로 해야 하는 사회적인 역할은 더 이상 할 수 없는 내가 되어 있었다. 내가 진짜로 하고 싶은 일을 하고 싶어 미칠 것 같았다. 옛날처럼 꾹꾹 참고 살 수가 없었다. 낮엔 아무렇지도 않은 척 멀쩡히 일을 하면서도, 밤엔 엉엉 울며 살았다.

그때 만난 것이 그림이었다. 직장 일이 끝나면 그림만 그리며 살기 시작했다. 어떤 주말엔 밥도 안 먹고 그림만 그리다 쓰러지기도 했다. 그림만 그리며 살 순 없는 걸까? 그림만 그리며 살고 싶은 내 개인적인 자아가 오롯이 내 사회적인 자아도 되는 그런 희한한 세계로 한 발 한 발 들어가기 시작하는 나를 발견했다.

나는야 그림 노동자

“김미경 씨 일 안 하고 노니까 얼굴이 달덩이처럼 훤해졌네.”

“은퇴하니까 기분이 어때? 직장 안 다니고 노니까 좋지?”

직장 생활을 접고 하루 종일 그림 그리며 살기 시작하면서 간간이 듣는 이야기다. 대부분 몇 년 만에 만나는 사람들이 건성으로 하는 이야기라 구구절절 대응은 않지만 돌아서서 혼자 또박또박 말해보곤 한다.

“저 일 안 하고 노는 거 아니에요. 하루 종일 그림 노동해요.”

“은퇴한 거 아니에요. 월급 받는 직장 다니는 일을 그만둔 거구요. 본격적으로 그림 노동자 일 시작했어요.”

“얼굴이 좋아진 건 놀아서가 아니라 제가 좋아하는 일 해서일 거예요.”

그림 그리는 일은 노동이라기보다 노는 일이라고, 취미 생활이라고 생각하는 사람들이 이상하게 많다. 자본주의 사회에서 어떤 일을 노동이 아니라 취미 생활이라고 규정하는 근거는? 돈 버는 것을 목표로 삼지 않는 일이라는 것일 게다. 아니면 돈벌이가 안 되는 일. 그런데 나는 돈을 안 벌 심산으로 그림을 그리는 게 아니다. 앞으로 그림 그리는 일로 벌어먹고 살 결심이다. 그래서 직

장에 다닐 때처럼 하루 8~9시간씩 그림을 그리고 글을 쓴다. 당장 누가 월급을 주는 것도 아니고, '누가 네 그림을 사주느냐'며 비웃는 사람들도 많지만, 앞으로 내 그림을 사줄 이들을 위해 매일 그림 실력을 갈고닦는다.

휴대전화로 통장 잔액을 확인하다 '엽서비미경쌤'이라는 이름으로 얌전하게 들어와 있는 돈을 확인했다. 동네 가게에 걸어두고 팔았던 내 그림엽서 판매수익금이었다. 인왕산 수성계곡 올라가는 골목길에 있는 동네문화 구멍가게 '옥인상점'이 '당신의 선반'이라는 프로젝트를 시작했었다. 동네 아티스트 육성 프로젝트의 하나로, 옥인상점 안에 있는 선반을 지역 예술가들에게 싸게 대여해주는 프로젝트였다. 지난해 10월 말부터 내 그림으로 만든 엽서도 팔기 시작했었다. 몇 푼 안 되지만 통장에 첫 입금이 된 게다. 앗싸~!

날이 따뜻해지면 길거리에 나가 앉아 그림 그려 파는 일에도 도전해볼 생각이다. 물론 갤러리에서 전시회도 할 계획이지만, 내 그림을 꼭 갤러리에서만 팔아야 한다고 생각하지 않는다. 뉴욕에 비해 서울에선 길거리 화가들이 많지 않다는 걸 1년여간 길거리를 떠돌며 그리다가 발견했다. 뉴욕 살 때 이름을 대면 알 만한 화가 친구가 센트럴파크 앞에 앉아 초상화 그리는 일을 한다는 이야기를 처음 들었을 때 속으로 깜짝 놀랐었다. 당시 길거리에서 그림 그려 파는 일을 깔봤던 내 무의식 속 편견 때문이었으리라.

친구 왈. "그림이 잘 팔리지 않을 때 스시집에서 접시 닦으며, 세탁소에서 배달 일 하며 그릴 수도 있는데, 그림 그리는 일로 돈을 벌며 그리는 것도 아주 좋은 것 같아. 돈도 벌고 그림 솜씨도 늘고 얼마나 좋아~!" 퍼드득 깨달음이 오는 듯했다.

사람들이 그림 그리는 일을 노는 일로, 취미 생활로 여기는 이유 중 또 하나는 '재미있어 보이기 때문'이 아닐까 싶다. 그림 그리는 모습이 힘들고 고통스럽다기보다 놀고 있는 것처럼 보인다는 것. 맞다. 그림 그리는 건 힘들지만 진짜 재미있는 놀이 같다. 언제부턴가 우리 머릿속에 노동이란 뭔가 고통스럽고, 착취적이고, 비인간적이고, 비창조적이고, 단순반복적이란 생각이 지배하게 된 게 아닐까? '행복하고 재미있는 노동은 없다'라는 생각 말이다. 내가 그림 그리는 노동을 하고 있다는데도 놀고 있다고 해석해버리는 건 그 이유 때문인 듯도 싶다.

큰돈을 벌 생각은 없다. 그림을 팔아서 근근이 먹고사는 게 내 소원이다. 마지막으로 다시 한 번, 나 놀고먹는 사람 아니다. 나 은퇴한 거 아니다.

노가다로 살 거야

첫눈 온 날. 눈 쌓인 동네 풍경 그리러 옥상에 올라갔다가 바로 감기 몸살에 걸려 누워버렸다. 겨우 몇 시간 앉아 있었을 뿐인데……. '눈이 녹기 전에 눈 쌓인 기와와 인왕산의 모습을 담아둬야지' 하는 욕심이 과했던가 보다. 영하의 날씨에 밖에서 일해본 건 처음이었던가?

길거리로, 옥상으로 돌아다니며 그리다 보니 육체노동자가 다 된 것 같다. 하루 종일 밖에서 일한다는 것. 비가 오나 눈이 오나, 추우나 더우나, 정해진 시각에 정해진 실내 공간으로 출근하던, 지난 27년 동안 내가 해왔던 사무실 일과는 확실히 다르다. 여름철엔 오전 11시만 지나도 햇볕이 너무 뜨거워져 아침 일찌감치부터 점심 먹기 전까지, 그리고 햇살이 좀 약해지는 오후 5시부터 7시 사이에 많이 그렸다. 날씨가 추워지고는 오후 2시쯤 햇볕이 따뜻하게 느껴질 때부터 어둑해지는 저녁 5시 사이에 주로 그렸다. 비가 오거나 바람이 많이 부는 날은 일명 '땡치는' 날. 집에서 작업한다. 여름엔 땡볕이어서, 비가 와서 걱정이더니, 추워지면서는 '손 시린데 어떻게 그리지?' '눈 오면 어떡하지?' 걱정이다. 여름철 햇볕 뜨거워지기 전에 일터로 나서고, 겨울철 어둑해지면 일찌감치 집에 들어오는 '노가다'가 된 느낌이다.

밖에서 일하다 보니 패션도 달라졌다. 27년 직장 생활 동안 패션에 꽤 신경을 쓰는 타입이었다. 그림 그리러 길거리로, 옥상으로 출근하면서 그림 그리기 편한 복장과 헤어스타일로 패션이 금세 바뀌었다. 여름엔 더워 머리를 질끈 동여맬 수밖에 없다. 편한 반바지와 티셔츠 이상의 옷이 필요 없다. 겨울엔 두꺼운 파카로 몸을 꽁꽁 싸매야 한다. 햇빛을 가리는 모자를 눌러쓸 뿐, 액세서리도 전혀 필요 없다. 블라우스나 치마를 다려 입거나, 치렁치렁 늘어지는 코트를 걸쳐 입거나, 뾰족구두를 신고 나설 일이 없어져버렸다. 노가다 블루칼라들의 '허름 패션'이 딱 지금의 내 모습이다. 그림은 역시 막노동이다.

'멀쩡한 회사까지 때려치우고 화가가 되겠다고 나섰으니 죽을 만큼 열심히 그리는 수밖에 없다!'고 마음먹었다. 오전 8시 좀 넘으면 생수 한 통과 낚시의자, 화판, 종이, 펜 등 한 살림 챙겨 들고 길거리든 옥상이든, 전날 점찍어 놓은 장소로 출근했다. 3시간쯤 내리 그린 후 챙겨간 점심을 먹으며 1시간쯤 쉬고, 다시 3시간쯤 그리고 또 1시간쯤 쉬고, 또다시 1~2시간 그리다 집에 왔다. 저녁 먹고 또 3시간쯤 더 그린 날도 있었다. 그런 날은 무릎도, 오른쪽 손목도 아프다. 삭신이 쑤신다.

길거리 화가로, 옥상화가로 살아보니, 육체노동자들의 삶과 노동이 새롭게 보인다. 고달픔도 있지만, 하루와 계절의 리듬에 맞춰 일하는 풍요로움도 함께 보인다. 이제 난 사무직이 아니야. 길거리 노가다야. 여름 땡볕일 땐, 에어컨 너무 틀지 말고 어디 시원한 그늘에서 낮잠 좀 자고, 겨울 쌩쌩 추울 땐 따뜻한 구들목에 누워 농땡이 부리면서, 그렇게 살 거야.

알바가 어때서?

한 일간지에 서촌 옥상화가라고 대문짝만 하게 소개되면서 여러 친구들로부터 연락을 받았다. 평소에 연락 않고 지내던 친구들이 여기저기서 모바일 메신저로, 메시지로, 이메일로 연락을 해왔다. '언제부터 그림을 그렇게 그렸냐?' '부럽다' '질투 난다' '그림도 얼마 안 그렸는데 너무 키워줬다' 등등.

기사가 내 그림보다는 삶에 비중을 두어서이기도 했지만, 친구들뿐 아니라 많은 사람들의 관심이 그림보다 내 삶에 많이 쏟아졌다. 그중에서도 내가 빵집에서, 그것도 몇 달 전 사무총장으로 일했던 직장에서 그리 멀리 떨어지지 않은 빵집에서 아르바이트를 하고 있다는 사실에 놀라는 사람들이 의외로 많았다.

사무총장으로 일했던 직장 근처 빵집에서 '알바'를 한다는 일. "왜 어때?" 하는 내게 누군가는 "말하자면 신문사 편집국장이 신문사 나간 지 얼마 안 돼 기자들이 들락날락하는 신문사 근처 식당에서 알바하는 격이잖아요. 좀 뜨악한 일이긴 하죠" 한다.

그런가? 빵집에서 일할 때 예전 직장 동료들이 우연히 빵집으로 들어온 경우도 몇 번 있었다. 그럴 때마다 나 자신에게 물어보기도 했다. '미경아? 정말 괜찮아? 창피하지 않아?' 유기농으로 만

bakery MILL
cafe
MILL
-MILL-
유기농밀가루와
천연발효종으로
만든 건강빵
무료시식

들어 몸에 좋은 빵을 파는 일이 왜 부끄러운 거지? 큰돈은 아니지만 이 돈으로 그림 그릴 종이도, 펜도 살 수 있는데 뭐가 부끄러운 거지?

아무래도 내가 7년 뉴욕살이에서 단련이 좀 많이 된 듯하다. 먹고살기 위해 몸을 움직여 하는 노동은 모두 신성하다는 거. 어떤 일을 하고 있든, 그 노동의 외형이 그 사람의 개성이나 존엄성을 곧바로 규정짓는 게 아니라는 거. 그건 아무리 생각해도 맞는 말인 것 같다. 빵집 알바가 끝나는 밤 9시. 그날 구운(내가 구운 건 아니지만) 빵을 완판하고 텅 빈 선반을 바라볼 때 느끼는 기쁨은 그림 한 장을 완성했을 때의 느낌처럼 짜릿짜릿하다. 콧노래가 쌩쌩 나온다.

의자, 너 때문에

처음 야외 스케치 나갔을 때는 땅바닥에 신문지를 깔고 앉아 그렸다. 친구들이 낚시의자에 앉아 그리는 모습이 부러워 한 달여쯤 후에 싸구려 낚시의자를 하나 샀다. 어디든 낚시의자 하나면 그리고 싶은 곳이 바로 화실이 되었다. 옥상이든, 길거리든, 강변이든, 산속이든 '구염둥이' 낚시의자만 있으면 거뜬했다. 직장을 그만두고는 거의 매일 8~9시간씩 그 작은 낚시의자에 앉아 그렸다. "에구구 요 구여운 것 같으니라구!!!" 야외에서 그림은 낚시의자에 앉아야만 그리는 걸로 돼버렸다.

그렇게 여섯 달쯤 지나자 무릎 옆과 뒤쪽이 욱신거리고 아파오기 시작했다. 그 무렵 산에 다녀와서 알이 배긴 거겠지, 아님 춤을 춰서 그런 거겠지 했다. 그런데 통증이 쉽게 풀리지 않는다. 아예 쿡쿡 쑤시고 걷기 힘들어졌다. 한의원을 찾았다. 몇 달간 낚시의자에 오래 쪼그려 앉았다고 했더니, 무릎 인대가 늘어났을 수 있단다. 며칠째 침 맞으러 다녔다. 이참에 남대문시장에 들러 크고 편안한 의자를 장만했다. 캠핑이 유행해서인지 들고 다니기 좋고 가벼운 큰 알루미늄 의자들도 많았다. 그 의자에 앉아 그리니 무릎이 편안하기만 하다.

"네 이노옴~" 애지중지하던 낚시의자를 눈 흘기며 확 내던져버렸다. 야외에서 그림은 낚시의자에 앉아야만 그릴 수 있다는 생각. 누가 가르쳐준 것도 아니다. 진실도, 무엇도 아니다. 나 혼자 그렇게 생각해버린 거다. 멋진 경치 앞에서 낚시의자를 안 가져왔다는 걸 알고는 그냥 돌아서 온 적도 있었다. 땅바닥에 주저앉아 그려도 되는데 말이다.

갑자기 내가 온갖 종류의 엉뚱한 낚시의자들을 끌어안고 있는 건 아닐까는 궁금증이 몰려든다. 무턱대고 진실인 양 믿어버린 수많은 생각, 말, 관계, 제도, 시스템…… 아프고 나서야 진실도, 무엇도 아니란 걸 겨우 깨닫게 될 것들. 내 몸에 맞지 않는 낚시의자들을 구석구석 찾아내 훌훌 내던져버려야 할 텐데…….

빨간 딱지

아직 개인 전시회를 하진 않았지만 단체전에는 여러 번 그림을 냈다. 몇 년 전 한 단체전 때였다. 전시회 직전 함께 그림을 그린 친구들이 그림 값도 붙여놓자는 의견을 냈나 보다. 내가 참여하지 않은 자리에서 그림 값을 20만 원으로 똑같이 정하기로 결정을 했다는 게다. 허걱!

전시회 첫날. 문 여는 시각에 맞춰 전시장으로 헐레벌떡 달려갔다. 아무도 보는 사람이 없었다. 살그머니 내 그림 아래에 준비해 간 빨간 딱지를 붙였다. 이미 팔렸다는 표시로 말이다. 밤을 새우며 그린 그 그림이 20만 원에 다른 사람에게 팔려 나간다는 걸 참을 수 없었다. 전시회에 내놓은 아현동 철거촌에 세워져 있던 기타를 그린 그 작품은 내가 그림을 그리며 살아야겠다는 결심을 하게 해준…… 내겐 의미가 엄청 큰 그림이었다. 그땐 그림을 아무에게도 팔고 싶지 않았다. 솔직히 살 사람이 한 명도 없었을 수 있는데. 하하.

이젠 생각이 바뀌었다. 적정한 값에 그림을 팔고, 다시 새 그림을 그리고 싶다. 그래야 새로운 단계로 진입할 수 있을 것 같다. 그런데 그 적정한 값이라는 게 도대체 어떻게 정해지는 걸까? 미술

계에 아직 문외한인 나로서는 미술 시장의 그림 값 책정 과정이 참으로 괴상해 보인다. 그림 값을 1호당 얼마씩 크기를 기준으로 정하는 것도, 터무니없이 비싸게 책정되어 있는 그림 값도 이상하다. 유명화가들의 엄청난 그림 값도, 어마어마하게 큰 그림들이 갤러리를 꽉꽉 메우고 있는 것도 해괴하다. 도대체 우리나라에 저렇게 큰 그림을 사서 걸 수 있는 집을 가진 사람이 몇 명이나 될까?

"너 그림 값 비싸지기 전에 빨리 좀 사둬야 할 텐데……" 농담처럼 이런 이야기하는 친구들이 있다. 이런 맘보다는 내 그림이 정겨워서, 벽에 걸어놓고 계속 보고 싶어서, 그림 속 이야기가 따뜻해서 사는 사람들이 더 많아졌으면 하는 게 내 꿈이다. 열심히 그린 그림을 20만 원보다는 확실히 더 비싸게 팔고 싶다.

세밀화는 추상화다

펜으로 세밀하게 그림을 그리니까 사람들이 자주 이야기한다.

"와아~ 진짜 똑같다. 똑같네!!"

"어쩜 이렇게 똑같이 그릴 수가 있지?"

그런데 가만히 생각해보면 아무리 노력해도 사물과 똑같이 그릴 수 없는 게 그림이다. 사물은 사통팔달로 펼쳐져 널브러져 있지만, 그리려는 사람들의 눈에는 한시적이고 제한적인 어떤 공간, 시간만이 보일 뿐이다. 아무리 보이는 대로 열심히 그려도 그 모든 공간과 시간을 다 잡아낼 수 없다. '어떻게 이렇게 완벽하게 똑같이 그릴 수 있지?' 하고 스스로 감탄했던 그림을 몇 년 후 보면서 '어떻게 그 당시 내 눈에 이것밖에 안 보였지?' 하는 생각을 했던 적이 여러 번 있었다. 아무리 열심히 보아도 눈에 다 보이지 않는다. 그 순간, 그 찰나 내 눈에 보이는 것들 중에서 몇몇 선택된 것들만 아주 부분적으로 표현될 뿐이다.

모든 세밀화, 정밀화도 뒤집어 생각해보니 수천 억만 개의 사물들 중 몇 개의 캐릭터만을 뽑아내 표현한 또 다른 이름의 추상화일 수도 있겠다는 생각이 들었다.

글 쓰는 화가

"그림이나 열심히 그릴 것이지 웬 말이 그렇게 많아?"

"니가 저널리스트야? 화가야? 꼴값 떨지 말고 제대로 그림이나 그려~!"

인터넷에 그림과 함께 글을 올리면서 들은 온갖 비판 중 하나다. 화가는 그림으로, 작품으로 승부해야 한다는 것. 백번 천번 맞는 말이다. 화가라면서 그림은 안 그리고 말만 하거나 글만 쓴다면 욕 바가지로 먹어 싸다. 하지만 그림도 그리고 글도 쓰고 말도 하는 화가는 왜 나쁘다는 걸까? 화가가 글 쓰면 반칙인가? 소설가가 자기 글 속에 그림을 그려 집어 넣는다면 나쁜 걸까? 시인이 자기 시의 느낌을 그림으로 그려 붙여두면 그건 그 시인이 반칙하는 걸까?

딱 잘라서 아니라고 생각한다. 시대의 변화와 함께 그림이라는 것, 화가라는 것의 정의도 엄청 다양해지고 변화했다. 백 년 전에는 미술 작품이라고 상상할 수 없었던 설치 작품들이 셀 수도 없이 등장했다. 문학 교육을 받지 않은 소설가들, 미술 교육을 받지 않은 화가들도 부지기수다. 아주 다른 배경을 가진 사람들이, 아주 다른 매체로, 아주 많이 다르게 이야기할 때 세상이 더 풍성

해질 것으로 믿는다.

전 세계적으로 저널리스트 출신 화가가 그리 많지는 않은 것 같다. 나는 미술 전문교육을 받지 않았고 저널리스트로 20년쯤 일했다. 그리고 지금 쉰다섯 살 초보 화가다. 내가 앞으로 그릴 그림이 전문 미술 교육을 받은 사람들의 그림과 전혀 다른 양식이 될 수 있을 거라는 거, 내 그림이 전직 저널리스트의 땀과 목소리, 느낌, 감성을 담을 수 있을 거라는 거, 그리고 내 그림을 소개하고 커뮤니케이션하는 방법이 저널리스트의 방식일 수도 있을 거라는 거. 이건 앞으로 기대해볼 만한 일이지 구박받을 일은 아닌 것 같다.

도대체 누가 화가일까? 국어사전에는 '그림 그리는 것을 업으로 삼는 사람'이라고 정의되어 있다. 업이란 '먹고살기 위해 하는 일'이란 뜻이니 '그림 그리는 것으로 먹고살기로 결심한' 나는 분명히 화가 맞다. 하지만 결심만 했지, 아직 그림 팔아서 충분히 먹고살지는 못하고 있으니 화가라고 할 수 없는 건가? 아니 그렇다면 평생 그림 한 점밖에 못 판 고흐는 화가가 아닌가?

화가는 어떠해야 한다, 화가는 어떤 사람이어야 한다, 화가는 이래야 한다 등등 어떤 정의에 무조건 집착하는 것처럼 바보 같은 일도 없는 것 같다. 화가의 개념 자체가 달라지고 있다. 쉰 중반의 내가 화가가 되겠다고 이렇게 매일매일 길거리로 화판 들고 나서는 것도 이 시대의 새로운 현상이다. 아직 그림을 한 점도 팔지 못했고, 개인전도 한 번 열지 못했지만. 하루 종일 그림 그리며 그림으로 먹고살려고 발버둥 치며 살고 있는 나. 내 그림에 대해 자꾸 어디엔가 글을 쓰는 나. 확실히 나 '글 쓰는 화가' 맞다.

버리기 대장

나는 물건을 엄청 잘 버린다. 미국에 살러 가면서 가지고 있던 짐을 다 버리고 이민가방 몇 개만 달랑 들고 갔다. 미국에서 이것저것 짐이 불어났지만, 7년 만에 돌아오면서 몽땅 버리고 이민가방 몇 개만 달랑 들고 다시 돌아왔다. 과감하게 버려야 지키고 싶은 것들을 지킬 수 있다고 믿는다. 버려야 새로운 것들이 들어올 수 있는 공간이 생긴다고 믿는다.

물건뿐 아니라 삶에서도 마찬가지다. 많은 사람들이 부러워하는 일간신문사 기자 일을 버리고 미국으로 떠나고, 또 전업 화가가 되겠다고 부러움을 사는 사회단체장의 자리를 버리는 것을 보면서 다들 어떻게 그렇게 쉽게 버릴 수 있느냐고 묻는다. 그런데 내겐 버리는 게 어려운 일이 아니다. 물론 버릴 때 알몸뚱이로 살아야 한다는 공포가 없는 것은 아니다. 하지만 내가 가진 것들을 움켜쥐고 새로운 것들이 들어올 수 없다는 걸 경험으로 터득했기 때문인 것 같다. 버리지 않고는 새로운 삶이 들어올 수 없다는 것을 알기 때문이다. 결국 우리는 알몸으로 돌아가야 할 존재들 아닌가? 다 버려야 죽음을 마주할 수 있듯이.

다음은 내가 추천하는 버리기를 위한 팁이다.

첫째, 가지고 있는 짐들을 찬찬히 둘러보면서 죽을 때 무엇을 가져갈 수 있나를 생각해본다. 아무것도 가져갈 수 없다. 다 버려라.

둘째, 그렇다고 죽기도 전에 모두 버리고 살 수는 없는 일. 죽을 때 자녀나 배우자가 자신의 물건 중 어떤 것들을 간직하고 기억해줬으면 싶은지를 생각해본다. 찬찬히 둘러보면 자녀나 배우자들이 간직하고 싶어 하는 물건이 뚜렷하게 생각나지 않을 게다. 다 버려라.

셋째, 그래도 아직은 살아야 하니 그 정도로 다 버리기는 힘들다. 자, 그다음은 예전 한국영화에 잘 나오던 장면을 떠올려본다. 주인공이 집을 떠나는데 달랑 가방 하나밖에 없다. 게다가 그 가방도 가벼워 보인다. 사실성이 너무 떨어지지만…… 그 장면을 자신의 상황에 적용해본다. 가방 하나만 달랑 갖고 떠나야 한다면 그 가방에 무엇을 담고 싶은가를 생각해본다. 가방 하나에 담을 수 있는 것 말고는 다 버려라.

넷째, 이것도 너무 과격하다. 인생살이란 게 한 치 앞을 모르는 일. 방 한 칸 월세로 살아야 하는 상황이 온다면 뭘 갖고 살 것인가를 생각한다. 단칸방 살이에 필요한 물건 외에는 다 버려라.

마음에 철썩 가닿기

글 쓰는 일을 하다 그림을 그리고 보니 두 가지가 어떤 면에서는 엄청 다르지만 닮은 점도 상당히 많다는 걸 느낀다.

감동을 주는 글이나 그림을 위해 공통적으로 꼭 필요한 것 두 가지. 첫째 소재가 작가 자신이 확실하게 감동받은 이야기나 풍경이어야 한다는 것. 둘째 열심히 열심히 쓰고 그려야 한다는 것. 글을 쓸 때 독자들은 기가 막히게 이걸 잘 알아본다는 경험을 여러 번 했었다. 내가 몇 년을 고민한 이야기, 오래오래 취재하고 삭힌 이야기인지, 대충 설익은 이야기인지 독자들은 훤히 알아봤다. 그림도 마찬가지란 걸 느낀다. 내가 처음 본 순간 숨이 콱 막힐 듯이 감동받았던 순간이나 풍경을 그린 그림을 사람들은 용하게 알아봤다. 그 강도나 느낌은 사람에 따라 달랐지만 내가 받은 감동이 전염되는 듯했다. 그리고 서툴러도 꾀부리지 않고 열심히 열심히 그린 그림을 금방 알아차렸다. 꼭 내 뒤에서 그리는 모습을 봤던 것처럼 말이다.

물론 그런 작품이 꼭 좋은 작품이거나 잘 팔리는 작품이라는 뜻은 아니다. 상대방의 맘에 철썩 가닿는다는 거다. 그런 그림을 열심히 열심히 그리고 싶다.

서촌 여름

나는야 옥상화가

여기서 이러시면 안 됩니다

"여기서 이러시면 안 됩니다."

"왜요?"

"화단 새싹을 의자로 밟고 있지 않습니까?"

"어휴. 죄송 죄송!!"

"그렇게 의자만 옮긴다고 되는 게 아니라요. 여기서 그림 그리시면 안 된다구요."

"네? 여기서 그림을 그리면 안 된다고요? 왜요?"

"여기는 보안 지역입니다."

"보안 지역이요? 저는 청와대를 바라보고 그림을 그리는 것도 아닌데요…… 이 그림 보세요! 이 골목이랑 인왕산을 그리고 있어요!"

"어쨌든 원칙이 그렇습니다. 지나가면서 간단히 사진 찍고 하는 건 괜찮은데요. 오랫동안 앉아 그림 그리는 건 안 됩니다."

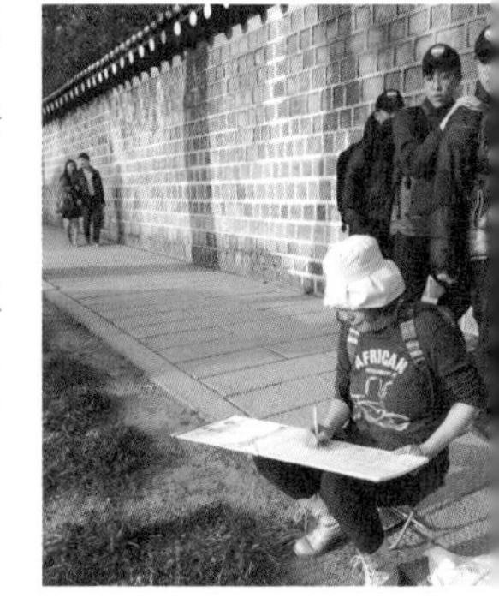

"어머머머…… 어마 무셔라. 예술 활동 방해죄로 고발해야겠네. 여기서 그림 못 그리라는 법이 도대체 어디 있대요? 청와대에 민원 넣을게요."

"원칙이 그렇습니다."

결국 자신의 신분을 202경비단 김○○ 경사라고 밝힌 그는 내가 간이의자와 스케치북을 챙겨 일어나는 것을 확인하고서야 자리를 떴다. 2014년 4월 1일 오후 3시 30분. 경복궁 서쪽 영추문 앞에서 일어난 일이다. 서촌의 모습을 담아보겠다고 여기저기 돌아다니다 발견한 장소였다. 그동안 많이 지나쳐 다닌 길이었지만, 그림을 그리겠다고 살펴보니 깊이가 있는 풍경이 너무 맘에 들어 자리 잡고 앉은 참이었다. 멀리 인왕산이 보이고, 기와집들에, 동네 이정표가 된 식당 '메밀꽃필무렵'에, 그리고 한옥을 부수고 새로 공사를 준비 중인 옆 공터에, 일제시대 문인들의 모임터였던 '보안여관'에, 그리고 키 큰 나무에. 완벽했다.

경복궁 서쪽 영추문 쪽에서 통의동과 인왕산을 바라보며 그렸기 때문에 청와대 쪽은 볼 틈도 없었다. 설사 청와대 쪽을 바라보고 북악산을 그렸다 치자. 그게 또 무슨 대수란 말인가? 전경에게 쫓겨 터덜터덜 집으로 돌아와 앉았자니 부글부글 끓는 화를 삭일 수가 없었다. 벌떡 일어나 컴퓨터를 켰다. 국민신문고epeople.go.kr에 들어가 민원을 제기했다.

민원 제목 경복궁 영추문 앞에서 그림 그릴 수 없는 법적 근거를 제시해주십시오.

민원 내용 지난 2014년 4월 1일 오후 3시 30분. 저 김미경은 경복궁 영추문 앞쪽 화단(서울시 종로구 통의동) 간이의자에 앉아 인왕산과 통의동 쪽을 바라보며 그림을 그리고 있었습니다. 그때 202경비단 김○○ 경사라고 신분을 밝힌 분이 와서 정중하게 "이곳에서 그림을 그리시면 안 됩니다" 하고 말했습니다. 너무 의아해서 "왜 이곳에서 그림을 그리면 안 된다는 겁니까?" 하고 물었습니다. 그랬더니 "보안 지역이어서 안 된다"라는 대답이었습니다.

저는 청와대 쪽을 향해 그림을 그린 것도 아니고 통의동과 인왕산 쪽을 보고 그림을 그리고 있었습니다. 지나가는 사람도 거의 없어 통행에 아무런 불편을 주지도 않고 있었습니다. 도대체 무엇 때문에 그곳에서 그림을 그릴 수 없다는 것인지 도저히 이해되지 않아 이렇게 민원을 제기합니다. 그날 김○○ 경사의 퇴거 요청은 명백히 개인의 예술 활동을 제한하는 행위라고 생각됩니다.

이에 정식으로 문의합니다. 그곳에서 그림을 그리면 왜 안 된다는 것인지 납득할 만한 이유를 제시해주시기 바랍니다. 저는 청와대 쪽을 바라보지도 않았고, 설사 청와대 쪽을 바라보며 그렸다 하더라도 그것이 제재받을 일이라고 생각하지 않습니다. 개인의 순수한 예술 활동을 제재하는 분명한 사유를 듣고 싶습니다. 그러한 제재가 합법적인 것이라면 어떤 법 조항에 근거하는 것인지 분명히 밝혀주시길 바랍니다.

그곳에서 본 풍경 사진과 제가 그리던 그림을 함께 첨부합니다.

청와대로 직접 민원을 넣을 참이었는데 차단해 놓았는지 찾을 수가 없어 '길거리에서 그림 그릴 권리'를 찾자는 뜻으로 수신처를 '국가인권위원회'로 클릭했다. 하루 후엔 국가인권위원회에 접수된 민원이 서울지방경찰청으로 이관됐단다. 그리고 며칠 후 드디어 답장이 왔다.

안녕하십니까? 저는 서울지방경찰청 202경비단 63경비대 2제대장

으로 근무하고 있는 경위 김○○입니다.

지난 4.1(화) 선생님께서 경복궁 영추문 앞에서 예술 활동을 하시다 검문검색을 통해 겪으신 불편 사항에 대해서 먼저 진심 어린 사과의 말씀을 드립니다. 민원인께서도 잘 아시다시피 청와대 주변에는 불특정 다수인들의 각종 민원, 청와대 안전을 위협하는 요인을 확인하기 위해 부득이 근무자들이 출입하는 차량, 사람에 대해 검문 및 안내를 해드리고 있습니다.

당시 저희 근무자(경사 김○○)가 경복궁 영추문 앞에서 '메밀꽃필 무렵'을 바라보고 그림을 그리고 있던 선생님을 발견하고 자리를 이동해줄 것을 요구한 것과 관련하여 경사 김○○는 금년 상반기 인사이동시 전입하여 업무를 숙지하는 과정에서 특정지역 주변에서 발생하는 모든 일에 대해 통제한다는 생각을 갖고 근무를 하였던 터, 현재 저희 단에서는 업무미흡 사례로 전직원 교양자료로 활용하고 있습니다. 관련 직원을 상대로 직무교육을 더욱더 강화하여 다시는 이런 사례가 발생하지 않도록 최선의 노력을 기울이겠습니다.

꽃 피는 봄날 항상 건강하시고 선생님의 가정에 행복이 충만하기를 기원하며 더 궁금하신 사항이 있으시면 02-2198-8217로 언제든지 전화 주시기 바랍니다. 감사합니다.

얏호! 그 후론 그림 그리다 전경에게 검문검색을 당할 땐 방글방글 웃으며 그 편지를 쑤욱 내밀었다.

"저, 여기서 그림 그릴 허가증 받은 사람이에요~ 감사합니다!"

지도 그리는 사람이라구요?

"여기서 그림 그리지 말라 했는데 왜 또 이러고 있어요?"

"저…… 종로경찰서 보안계에 가서 신고하고 왔는데요?"

"좌우지간 안 돼요. 경찰에 신고할 테니까 알아서 하세요."

"아니…… 저…… 저 신고하고 왔다니까요."

지난 10월 말. 동네 아파트 옥상에서 그림 그리다 수위 아저씨와 또 옥신각신했다. 잔뜩 화가 난 아저씨가 옥상 문을 잠그고 휑하니 내려가버렸다. 순식간에 옥상에 갇힌 신세가 된 것. 몇 분 지나지 않아 수위 아저씨의 신고를 받은 경찰관 두 명이 달려왔다.

"옥상에 지도 그리는 사람이 올라와 내려가지 않고 있다는 신고가 들어와 올라왔습니다."

몇 달 전 한차례 쫓겨났었던 아파트 옥상이었다. 그림 그리도록 허락해줄지 여부를 주민자치회의를 열어 결정하겠다더니 감감무소식이었다. 할 수 없이 그 아파트에 사는 친구와 주민자치회장을 찾아갔다. 옥인파출소에 가서 허락받아 오란다. 옥인파출소로 달려갔다. 파출소 소관이 아니니 다시 종로경찰서 보안계로 가서 허락받아 오란다. 종로경찰서 보안계에서는 '청와대를 그리지 않겠다'라고 쓰란다. 결국 '군초소, 보안시설 등은 그리지 않겠으니 협

조를 바란다'는 내용의 협조 요청서를 쓰고, 보안계장 명함까지 챙겨 룰루랄라 올라왔었다.

그런데 그 옥상에서 또다시 쫓겨난 게다. 보안계장 명함도 무색했다. 세 명의 경찰관이 더 올라오고, 주민자치회장, 전주민자치회장까지 나서 한참의 논란 끝에 결국 '외부인이 그림을 그릴 수 없는 곳'이라는 최종 판정이 내려졌다. 한번 허락해주면 다른 사람들을 제재할 수 없다는 게 이유였지만, 실은 그곳에서 청와대가 너무 잘 보이기 때문인 탓이 더 컸다. 청와대가 훤히 보이는 옥상

에서 오랜 시간 그림을 그리고 있는 외부인의 존재는 불편하다는 거였다. 결국 화판과 종이를 챙겨 들고 다시 쫓겨날 수밖에 없었다. 청와대를 보호해야 한다는 사실에는 충분히 동의한다. 그렇지만 그 보호 방법이란 게 이젠 바뀌어야 할 때인 것 같다.

아래는 종로서 보안계에 들어갔을 때의 일문일답.

보안계 청와대는 그리지 않겠다고 쓰세요.

나 청와대가 거기 있는지 세상 사람들이 다 아는데 제가 그걸

그리는 게 무슨 큰일이겠어요?

보안계 그래도 그렇게 써야 해요. '군사기지 및 군사시설 보호법'에 그렇게 규정되어 있어요. 이 지역에 대한 촬영, 묘사가 다 금지되어 있어요. 묘사하면 형사고발 대상입니다.

나 google.com 지도에서 'blue house'라고 치면 고스란히 청와대가 어디 있는지 다 나오는데도요?

보안계 구글로 다 찍히지 않아요. 찍지 말아야 할 지역은 통제하고 있어요. 옥상에서 청와대 사진 찍으면 형사고발 될 수 있어요.

나 그 법이 이제 바뀌어야 하는 거 아닐까요? 제 그림을 보고 청와대 위치를 알게 될 사람이 도대체 누구일까요?

보안계 그래도 안 됩니다.

청와대를 옥상에서 묘사하면 형사고발 될 수 있다니. 청와대를 얌전하게 그려 넣은 내 〈서촌옥상도 V〉는 그냥 쫙쫙 찢어 내버려야 하나? 아님 전시한 후 형사고발 돼 처벌받아야 하나? 고민 끝에 휘리릭~! 청와대가 그려진 그 그림을 전시하기로 했다.

옥상화가

나는 옥상화가다. 아니 옥상화가로 불린다. 옥상에서 그림 그리는 화가로 알려지면서 "왜 그림을 옥상에서 그리세요?" 하고 묻는 사람들을 자주 만나게 된다. 글쎄 왜일까? 무슨 심오한 뜻이 있을까? '옥상에서 보는 풍경이 너무너무 좋아서'가 그 첫 번째 대답일 듯싶다.

7년 미국 생활을 마치고 돌아왔던 지난 2012년. 직장도, 집도, 인왕산 가까이에 자리 잡았다. 당시 일터였던 옥인동 아름다운재단 옥상에 처음 올랐을 때였다. 인왕산 아래 기와집들이 수백 폭 병풍처럼 좌르르륵 한꺼번에 펼쳐졌다. 한순간 숨이 콱 멎었다. 갑자기 마주친, 상상도 할 수 없었던 황홀한 풍경이었다. 큰 파도처럼, 웅장한 음악처럼 다가온 풍경. 그날 밤 잠을 설치면서 스마트폰 앱으로 그리기 시작했었다. 그때부터 틈만 나면 여기저기 동네 건물 옥상에 올랐다. 옥상에서 보는 인왕산과 그 아래 기와집, 적산가옥, 일반 주택들이 마구 뒤섞여 있는 풍경들이 좋았다. 땅에서는 전혀 볼 수 없었던 구도의 스펙터클한 풍광. 봐도 봐도 질리지 않는다. 옥상에선 내가 겸재 정선이 되어버린 듯한 배포가 생긴다.

사실 화실을 따로 가질 형편도 안 되는 터에, 사람들이 계속 지나다니는 길거리보다는 옥상이 훨씬 조용하고 아늑했다. 말하자면 옥상에서 그림 그리는 이유는 '옥상이 내 화실'이기 때문이다. 사방으로 뻥뻥 뚫린 화실. 비 오거나 눈 오면 올라가지 못하는 자연 화실. 직장 생활할 땐 잠시 커피 마시러, 바람 쐬러 올라갔던 옥상에 살다시피 하고 보니 잘생긴 인왕산, 북악산을 배경으로 한 서촌의 풍광 모두가 내 화실이 된다.

사무실에 앉았을 땐 눈길 한 번 준 적 없었던 인왕산도, 하늘도, 바람도, 공기도 다 가까운 친구가 되는 즐거움도 만만찮다. 다른 건물 옥상 위에서 담배 피우는 사람들, 빨래 널러 온 사람들, 기와집을 수리 중인 목수, 미장이 아저씨들을 가까이에서 볼 수 있는 것도 재미있다. 슬쩍슬쩍 눈도 마주친다. 수없이 많은 에어컨 실외기, 위성 수신기, 굴뚝, 안테나 들도 자꾸 그리다 보니 친구 같다.

그리고 새들. 새들을, 전봇대에 앉아 한참 깃털 다듬고 재잘대는 새들을 가까이에서 실컷 볼 수 있다는 것도 좋다. 계단 몇 개만 살짝 더 올라온 건데 하루 종일 옥상에 앉아 그리다 보면, 문득 '이상한 나라의 앨리스'가 된 느낌도 든다.

배화여자 대학교
배화여자대학교

누군가에게 한 뼘 따스함이면 좋겠네

2013년 봄. 이젠 흔적도 없이 철거돼 대형 아파트단지가 들어서고 있는 '아현4주택재개발지역'에 들어갔을 때였다. 벌써 사람의 흔적은 찾아볼 수 없었다. 일주일 후면 철거될 동네엔 담벼락마다 빨간 페인트로 빈집이라는 표시인 '공가'와 'X'가 여기저기 크게 쓰여 있었다. 앉아 그림 그릴 수 있는 스케치 장소를 찾는답시고 좁은 골목길을 이리저리 헤집고 돌아다녔다.

폐허 직전의 판잣집들은 납작 땅에 붙은 듯 처참했다. 합판을 이리저리 맞대어 어설프게 만들어놓은 벽들, 벽과 창문에 바람막이로 누덕누덕 붙여놓은 종이들, 여기저기 푹푹 팬 방바닥, 곰팡이 슨 도마와 낡은 슬리퍼…… 고단했던 삶의 흔적이 곳곳에서 묻어났다. 벽에 붙여놓은 종이들이 죄다 한자 잡지, 신문들이었던 걸 보면 연변 동포가 살았던 게 아닌가 싶기도 했다. 그림쟁이가 다 된 것처럼 '이게 그림이 될까?' 하는 표정으로 무덤덤하게 이리저리 집안을 살피며 돌아 나오다 벽에 걸린 복조리를 발견했다. 순간 영문을 알 수 없는 슬픔이 싸하게 몰려왔다. '누가 저 복조리를 걸었을까? 저 복조리를 걸면서 맘속으로 어떤 소원들을 빌었을까?'

두리번대며 옆 골목으로 접어들었다. 아예 이 집은 짐을 몽땅 그대로 두고 떠나버렸나 보다. 집 밖에서도 집 안에 그대로 있는 이부자리, 겨울옷, 부엌살림이 훤히 들여다보였다. 대문 한쪽을 흘겨보다 깜짝 놀랐다. 노란 기타가 한 대 얌전히 서 있는 게 아닌가? 별로 부서진 흔적도 없다. 줄을 튕겨보니 제법 소리도 난다. 갑자기 다른 시공간으로 이동하는 듯한 착각 속으로 빠져들었다. 웅성웅성한 산동네의 밤. 저 멀리 골목 끝집에선 한바탕 머리끄덩이 붙잡고 싸우는 소리도 들린다. 이쪽 골목 작은 방에서 기타 소리가 울려 퍼진다. 독학으로 배운 솜씨라 소리가 매끄럽지도 못하다. 옆에서 흥얼대며 따라 부르는 친구의 화음도 어설프다. 그들 외에 그 기타 소리에 관심을 가지는 사람도 없다. 그래도 기타 소리는 계속된다. 산동네의 온갖 잡음과 묘한 조화를 이루면서.

쭉치고 앉아 철거촌의 풍경을 한참 동안 그리고 또 그렸다. 집에 돌아와서도 계속 그렸다. 예전 같으면 철거촌 문제 해결을 위해 아무런 일을 하지 않으면서, 철거촌 모습을 앉아 그리고만 있는 모습을 한참 손가락질하며 비웃었을 게다. 이젠 자책하지 않는다. 내 그림이 누군가에게 판잣집 앞에 붙어 있던 저 복조리만큼, 대문 한쪽에 세워져 있던 저 기타만큼, 그만큼의 힘이라도 줄 수 있었으면 좋겠다. 그래서…… 오늘도 열심히 그리고 또 그린다.

274
88
88

오늘도 걷는다

전시회를 앞두고 여행을 다녀오느라 그림 마무리를 제대로 못했다. 스케치북을 다잡고 앉았다. 여기저기 명암을 더 넣고 가다듬어본다. 아무래도 부족하다. 현장에 다시 달려 나가볼까 하다가 여러 각도로 찍어뒀던 사진들을 자세히 들여다보기 시작했다. 문득 잡히는 게 있었다.

전경이었다! 경복궁 영추문 앞에서 그림 그리다 전경에게 쫓겨난 후 국민신문고에 민원을 넣어 허락을 받아 다시 그리게 된 그 그림이었다.

어느 각도에서 찍은 컷이든 혼자이거나, 두 명씩 짝을 지어 걷고 있는 전경들의 모습이 보인다. 찬찬히 전경을 그려 넣기 시작했다. 먼저 실루엣을 그리고, 옷을 입혔다. 전경 한 명을 그려 넣기로 했다. 조마조마했다. 전경이 들어가 그림이 엉뚱해지는 게 아닐까? 분위기 다 망쳐버리면 어쩌지? 살살 그려 넣었다. 하하, 근데 이게 웬일? 터벅터벅 걷고 있는 전경이 그림 속에 들어가니까 갑자기 화면이 꽉 차는 느낌이다. 활기도 느껴진다. 인왕산과, 메밀꽃필무렵과, 기와집과, 2014년 서촌과 썩 잘 어울리는 풍경을 연출해낸다.

사람 그리는 게 제일 어려웠다. 사람이 많은 풍경을 그릴 때도 사람은 빼고 풍경만 그렸다. 다른 사물에 비해 사람 그리기가 왜 이렇게 어려운지에 대해 선배 화가에게 물어본 적도 있었다. 사람은 모든 사물 중에서 가장 정교한 표정을 가졌다는 거, 그리고 사람들이 너무 잘 아는 물체이기 때문에 잘못 그리면 금방 알아채 버리기 때문이라는 거, 사람을 그리기 어려운 이유들이었다.

딸이 다니는 미국 대학에서 며칠을 지내면서 그 대학 도서관을 그렸다. 딸에 대한 애정을 담아 도서관을 한 땀 한 땀 그리는 일은 꽤 행복했다. 건물 창문 하나하나, 계단 한 층 한 층, 도서관 앞 잘생긴 나무 하나하나 열심히 그렸다. 마무리하려니까 뭔가 허전

했다. 나무 잎사귀도 좀 더 그려보고, 도서관 지붕에 명암도 더 줘봤지만 아무래도 심심하다. 아하! 무릎을 탁 치며 도서관 앞 벤치에 학생 한 명을 그려 넣었다. 잔디밭에 누워 책을 눈높이로 세워 들고 읽고 있는 친구도, 다정하게 이야기 나누는 친구들도 그려 넣었다. 분위기가 확 바뀌었다. 갑자기 도서관이 활기를 띠기 시작하는 느낌이다. 이때의 경험이 서촌 풍경에 전경의 모습을 그려 넣을 용기를 내게 불어넣어준 셈이다.

그림 제목을 '인왕산은 알고 있다'로 하려다가 '오늘도 걷는다'로 정했다. '사람이 꽃보다 아름다워~' 노래를 흥얼거려가며 말이다. 2014년 서촌을 기록할 때 서촌 곳곳을 터벅터벅 걷고 있는 전경은 빼놓을 수 없는 소중한 한 풍경일 게다. 그들의 존재가 싫든 좋든 말이다. 그들도 매일매일 서촌을 걸으며 2014년 서촌을 어떤 형태로든 똑똑히 기억하고 있다.

우리 집을 그려주세요

전주 한옥마을로 여행 갔을 때였다. 한옥 게스트하우스에서 하룻밤을 묵은 후 아침 커피를 마시고 있었다. 이런저런 이야기를 함께 나누던 게스트하우스 관리인에게 내 스케치북 그림들을 펼쳐 보여줬다. 한 장 한 장 넘기는데 갑자기 그 관리인이 소리를 높이기 시작했다.

"어머머머…… 이게 웬일이래요? 정말 이게 웬일이래요? 이거이거이거 우리 집이에요. 맞아요. 우리 집이에요. 이 집 말이에요."

지난해 3월 북촌으로 스케치 나갔을 때 그린 한옥이었다. 북촌 골목을 여기저기 기웃거리다 어느 집 뒷문 계단에 올라앉아 그렸다. 처음 펜으로 그려보는 한옥 집이었다. 요즘은 좀 익숙해졌지만 그땐 기와 그리기가 왜 그렇게 어렵던지. 말 그대로 기와 한 장 한 장을 한 땀 한 땀 그렸었다. 이리저리 맞춰보니 정말 그 관리인 집이 맞았다. 흥분해서 "이 그림 저 주세요~ 지금 찢어 주세요~" 한다. 나도 희한한 인연에 주고 싶은 마음도 컸지만, 솔직히 친한 사이도 아닌데 그림을 쑥 내밀기엔 아까웠다. "다 완성한 후에 드릴게요" 하고는 잊어버렸다.

집을 그리다 보니까 '사람들이 자신이 사는 집을 그린 그림을

참 좋아하는구나' 하는 걸 느낀다. 페이스북으로 내 그림을 봐왔던 어떤 분이 자신이 초등학생 때부터 결혼할 때까지 살았던 집을 그려 달라고 정식으로 요청해 오기도 했다. 부모님 결혼기념일에 선물하고 싶어서란다. 동네 한 친구도 자신의 집과 사무실로 쓰는 집을 그려주면 그 그림을 꼭 사겠다고 공언하기까지 했다. 옥상에서 그린 동네 그림을 동네 친구들에게 보여주면 자기 집이 뒷담 정도로만 그려져 있어도 까르르까르르 행복해했다. 자기 집이 그림으로 그려지는 걸 사람들은 왜 이렇게 좋아하는 걸까? 정붙이고 오래 산 집은 자신의 분신처럼 여겨지는 게 아닐까 싶다.

청운아파트

인왕산에 오를 때마다 늘 사직공원 쪽으로 내려왔다. 어느 날, 사직공원 쪽을 버리고 반대 방향을 택했다. 고불고불 한참 내려오다 보니 '청운공원'이라는 팻말이 보인다. 청운공원? 처음 듣는 이름인데? 내가 미국 있을 동안 생겼나? 이상하게 낯익은 이름이다. 도착해 보니 오래된 담벼락도, 멀리 보이는 서울 전경도 아주 낯익다. 서울 전경이 훤히 내려다보이는 청운공원 한 모퉁이에 앉고 나서야 생각났다. 아! 청운아파트구나!

30여 년 전인 대학시절 1980년부터 1983년까지 청운아파트에서 한 선배와 자취하며 살았다. 복도 중간쯤에 공동화장실이 있고, 연탄보일러로 난방을 하던 방 두 개짜리 11평형 서민 아파트였다. 앉은뱅이책상, 사과 궤짝에 벽지를 발라 만든 책꽂이, 지퍼가 달린 비닐옷장이 놓였던 1평 남짓 내 방의 모습이 떠오른다. 남쪽 서울 시내 방향을 향해 큰 나무 창문이 달려 있었다. 0.3평도 채 안 되는 목욕탕 한쪽에 쪼그리고 앉아 빨래를 했던 기억도 난다. 저녁 무렵 지금의 윤동주문학관 건너편에서 버스를 내려 언덕길을 걸어 집으로 돌아왔었다. 그땐 내가 인왕산 자락에 붙어사는지도 몰랐던 것 같다. 국문학과를 다니고, 윤동주의 시를 좋아했지만, 그 일대가 윤동주가 산책하던 길이란 것도 몰랐다.

며칠을 청운아파트 내 방이 있던 바로 그 자리에 의자를 놓고 앉아 그렸다. 20대 때 보았던 청운아파트 그 빨간 벽돌 담벼락은 그때 그 모습대로 있었다. 그 너머 서울 시내 전경은 많이 바뀌었지만. 그때 내 작은 방 나무 창문 밖으로 서울 전경이 훤히 내려다보였었다. 특히 밤이면 반짝반짝 빛나던 서울 시내 불빛이 무척이나 아름다웠다. 바람이 몹시 불어 내 방 나무 창문이 덜컹대던 날. 창문 밖 불빛을 바라보며 '결단의 순간에 용감해지자' 뭐 이런 식의 비장한 다짐을 했던 그런 기억을 떠올려가며 그리고, 또 그렸다.

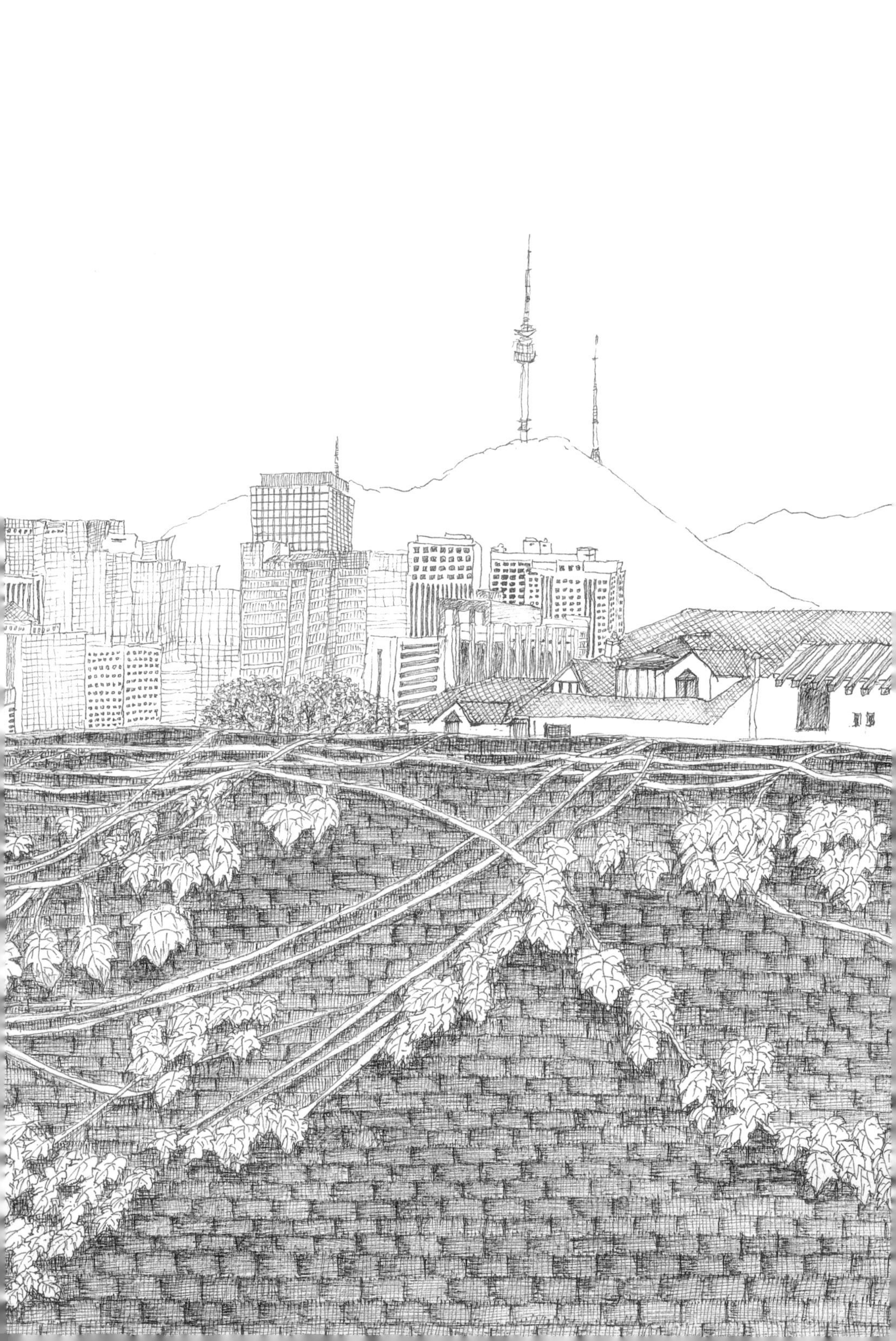

감

미국에서 살았다 해도 한인들이 많은 뉴욕에서 살았던 탓에 한국 물건들을 쉽게 구할 수 있었다. 브루클린 우리 동네 슈퍼에서는 살 수 없었던 무나 콩나물, 참기름, 때밀이수건 등도 지하철을 몇 번 갈아타면 가는 퀸스보로 플러싱 한인슈퍼에는 지천으로 널려 있었다. 심지어 붕어빵, 뻥튀기를 파는 코너도 따로 있었다. "미국에 정말 한국 물건 없는 게 없어~" 하며 살았지만, 한 번씩 한국 와보면 미국에는 없고 한국에만 있는 게 너무 많았다.

그중 대표적인 것이 감나무였다. 늦가을이면 감을 주렁주렁 매달고 온 동네 지천으로 서 있던 늠름한 감나무. 미국 다른 지역은 몰라도 내가 살던 뉴욕 부근에서는 단 한 그루의 감나무도 찾아볼 수 없었다. 딴딴한 땡감을 팔긴 했지만, 몽실몽실 살살 녹는 홍시는 사먹을 수 없었다.

한국 돌아와서 첫 가을. 동네 이 집 저 집 마당마다 서 있는 감나무들이 눈에 확 들어왔다. 파란색 하늘을 배경으로 가을 햇빛을 받아 황금색으로 빛나는 감들. 앙상한 가지에 매달린 주황빛 감들을 쳐다보며 하염없이 앉아 그렸다. 미국 살 때 감나무가 없다는 생각을 몇 번 한 적 있었지만, 한국으로 돌아와 첫 가을을

맞을 때까지는 몰랐다. 늦가을 잎 떨어진 가지에 매달린 감들을 보고서야 실감했다. "미국에는 정말 감나무가 없었구나" "한국 늦가을의 완성은 감나무 가지 끝에 매달린 감이로구나" "아, 내가 진짜 한국으로 돌아온 게 맞구나~"

그림을 완성하고는, '늦가을'이라고 이름 붙였다.

빨래 널어 좋은 날

햇빛이 짱짱하니 좋은 날이면 '빨래를 널어 말려야 하는데……' 싶다. 어릴 때 햇빛에 널어 빳빳하게 마른 빨래를 엄마와 함께 걷어 개킬 때의 그 상쾌함이란.

빨래를 밖에 널어 말리는 풍경을 미국에서는 볼 수 없었다. 거의 대부분의 집에 세탁기와 함께 건조기가 완비돼 있다. 빨래는 당연히 건조기에 넣어 말리는 걸로 돼버렸다. 동네 곳곳마다 있는 세탁방에도 세탁기와 건조기가 함께 있어 세탁을 마친 빨래는 건조기에서 말려 개킨 후 집으로 가져간다. 햇빛에 말려 빳빳하

고 보송보송한 빨래와는 달리 건조기에서 말린 빨래들은 흐물흐물하다. 팔랑팔랑 빨랫줄에 널린 빨래 풍경은 찾기 힘들다. 바지랑대나 빨랫줄, 빨래집게 같은 걸 파는 곳도 없다. 빨랫줄이 너무 그리웠다.

그런데 어이없게도 한국 돌아와 빨래를 널면서 '아이 짜증이야. 왜 한국에선 건조기를 안 쓰는 거야?' 싶은 게 아닌가? 빨랫대에 널어 뻣뻣하게 말려진 빨래가 낯설기까지 했다. 뭐랄까? 문명화가 안 된 모습 같았다고나 할까? 거칠거칠한 촉감에, 살아 있는 듯 뻣뻣해진 빨래가 징그러워 보이기까지 했다.

성북동 빈촌 쪽으로 스케치 나갔을 때였다. 다 쓰러져가는 집 앞 마당 빨랫줄에 팔랑팔랑 빨래가 널려 바람에 나부끼고 있었다. 햇빛을 받아 보송보송해져가는 모습을 한참 동안 앉아 그렸다. 반짝반짝 아름다웠다. 뻣뻣하게 마른 빨래가 더 이상 징그러워 보이지 않았다.

알고 보니 북미와 유럽에선 일찌감치 집값 하락을 이유로 자치단체와 주택업자 단체들이 빨랫줄에 빨래 너는 것을 벌금까지 물리며 금지했었나 보다. 최근 환경 운동의 영향으로 캐나다와 미국 몇 개 주에서 빨랫줄을 마음대로 사용할 수 있도록 하는 법이 통과되기 시작하고 있단다. 햐, 미국에선 '이토록 매혹적인' 빨래 널 권리를 박탈당했었구나.

오래 묵어야 제맛

동네와 거리를 그리다 보니 매일매일 이 건물 저 건물을 들여다보며 산다. '요놈 그릴 만한 구석이 있나 어데 함 보자~' '앞태 함 보자, 뒤태는 어떤지 돌아가 보자~' 이러면서 샅샅이 훑어본다. 새로 지어 반듯반듯한 건물들은 그릴 만한 재미난 구석이 당최 없다. 이리 봐도 저리 봐도 매끌매끌 반들반들. 에구 심심한 것들 같으니라구. 페인트가 벗겨지거나, 물이 새 흔적이 남았거나, 벽돌에 금이 간 구석이라도 있으면 그나마 낫다.

건물은 역시 오래되어야 제맛이다. 아무리 멋없이 단순하게 지어진 건물이라도 세월이라는 켜를 입으면 멋을 더해간다. 경복궁, 덕수궁, 창경궁의 건물들뿐 아니라 우리 동네 백 년 가까이 묵은 한옥들은 그려도 그려도 지루하지 않다. 기와 한 짝, 돌담 하나마다 퀴퀴한 사연들이 풍기는 맛이 깊다.

마포구 만리동 고개 쪽으로 스케치 나갔을 때였다. "그동안 만리동에 몇 번 스케치 왔었는데 다들 성우이용원만 그리더라구요, 다른 곳도 여기저기 그릴 곳들이 많으니까 오늘은 좀 다른 데도 많이 그리세요." 함께 간 선생님이 말했다. '성우이용원'은 우리나라에서 가장 오래된 이발소다. 1927년에 문을 열었단다. 선생님

말씀대로 나도 여기저기 둘러볼 생각이었다. 그런데 '성우이용원'을 보는 순간 단 1초도 망설임 없이 낚시의자를 놓고 앉아 그리기 시작했다. 여기저기 찌그러져 곧 허물어질 듯하지만, 88년이라는 시간이 켜켜이 쌓여 우러나오는 '성우이용원'의 마력을 피할 수는 없었던 게다. 건물은 적어도 백 년은 묵어야 제맛을 내기 시작하는 거 같다.

뭐든 오래 묵어야 제맛이다.

성우
용원
순대

기와집이 좋아

어릴 적 적산가옥에 살았다. 큰오빠 방이었던 긴 복도 끝 다다미방도, 빨간색 지붕도 기억난다. 그 후 양옥집으로 이사 갔으니 기와집에 한 번도 살아본 적 없었다. 지난 2012년 초 미국 생활을 끝내고 돌아와 서촌에 둥지를 틀면서 자꾸 기와집이 눈에 밟혔다. 예뻤다.

스마트폰 앱으로 그리기 시작했다. '기와집 100채쯤 그려 전시 한번 해야지~!' 그렇게 마음먹었다. 회사 옥상에서 내려다보이는 인왕산을 배경으로 한 서촌 한옥마을 풍경을 시작으로, 비 오는 일요일 아침 침대 위에 앉아 창문 밖 기와집을 하루 종일 그리기도 하고, 밥 먹으러 갔던 식당의 기와도 그렸다. 통인시장 장보러 가다 골목길에 주저앉아 시장 입구 기와집 그리느라 장보기를 잊기도 했다. 퇴근 후엔 낮에 본 멋진 기와집들을 떠올리며 그리고 또 그렸다.

기와집 100채를 못 채우고 펜으로 바꿔 그리기 시작했다. 펜으로 이런저런 걸 많이 그렸지만, 그동안 그린 100여 점 가까운 펜화 속에 가장 많이 등장하는 게 기와집이다. 인왕산 버금갈 정도로. 서촌을 그리는 내 그림 귀퉁이 어느 한 구석에라도 기와집이 없으면 미완성인 듯한 느낌이다.

아직도 기와집을 볼 때마다 숨겨둔 애인을 보는 듯 가슴이 노근노근 녹아내리고, 자꾸자꾸 그리고 또 그려도 자꾸 더 그리고 싶은 마음뿐이다. 스마트폰 앱으로 그릴 때와 분명하게 달라진 점도 있다. 기와집만 그리지 않는다는 게다. 적산가옥, 빌라, 이층 양옥, 찌그러진 판잣집과 함께 있는 기와집, 그리고 인왕산. 이것들이 뒤죽박죽 묘하게 어우러져 만들어내는 풍광을 자꾸자꾸 그리고 싶다.

내 그림 속 어딘가에 기와집을 꼭 찾아 그려 넣고 싶은 이유는 뭘까? 처음엔 어릴 적 적산가옥에 비해 기와집이 촌스럽다고 여겼던 마음에 대한 깊은 속죄를 하고 있는 게 아닐까 싶었다. '우리 것이 좋아!' 식으로 말이다. 미국 생활을 하는 동안 우리 것을 무시했던 마음에 대한 반성을 꽤 했었다. 정말 예전에는 몰랐는데 그렇게 아름다워 보일 수가 없었다.

그런데 그보다는 뭔가 하고 싶은 이야기가 더 있는 것 같기도 하다. 우리네 삶이 합리적인 척, 이성적인 척, 논리적인 척, 세련된 척, 서구적인 척, 우리가 만나는 현재가 전부인 양 깔끔하고 심플한 현대 빌딩 모양인 척 우기며 살지만, 실상은 우리네 삶이란 빌딩과 적산가옥과, 빌라와, 판잣집과, 양옥과, 기와집이 뒤범벅인 뒤죽박죽 그런 모습이라는 거. 문풍지 사이로, 얽어놓은 기와 사이로, 여기저기 바람 숭숭 들고 비 새는 낡은 기와집 같기도 하다는 거. 어려운 과거와의 복잡한 연결고리 속에 놓여 허우적대는 게 우리 삶이라는 거. 그리고 이리저리 휘둘리는 삶 속에서 꼭 지켜야 할 것이 기와집으로 상징되는 어떤 것일지도 모른다는 거. 뭐 그런 온갖 생각들을 어딘가에 기와집을 집어 넣어 표현하고 싶은 게 아닐까? 스스로 해석해보기도 한다.

왼손으로 그린 그림

아침에 일어났는데 오른팔이 욱신욱신 아프다. "하하하. 그동안 나 좀 열심히 그렸나?" 하고 으쓱대다 갑자기 겁이 덜컥 났다. '진짜 팔에 문제가 생기면 어떡하지? 오른손을 못 쓰게 되면 그림을 어떻게 그리지?' 온갖 걱정을 해대다 '하하하. 그럼 왼손으로 그리면 되지' 하고 맘을 편히 먹었다.

어릴 때 난 왼손잡이였다. 왼손잡이들이 대부분 그랬듯 나도 왼손으로 뭔가를 하고 있는 현장을 엄마 아빠에게 들켜 된통 혼이 난 적이 꽤 있었다. 가위 쓰기, 칼 쓰기, 글씨 쓰기, 그림 그리기를 모두 왼손으로 시작했지만, 여러 번 혼나면서 글씨 쓰기, 그림 그리기는 일찌감치 오른손으로 바꿨다. 가위 쓰기와 칼 쓰기는 바꾸지 않아 요즘도 여전히 칼과 가위는 왼손잡이다.

'내가 원래 왼손잡이였으니 왼손으로 그림도 잘 그리는 거 아닐까?' 비상시를 대비한다는 비장한 각오로 왼손으로 그림을 그리기 시작했다. 그림 그리는 친구들끼리 함께 술집에 간 날. 술상 위에 놓인 주전자 속 해바라기가 너무 멋져 숙제로 각자 그려보기로 약속한 적이 있었다. 오른손으로 한 장 그렸었는데 똑같은 장면을 왼손으로 그려보기로 했다. 어렵다. 선이 똑바로 그어지질 않는다. 삐뚤빼뚤 울퉁불퉁. 섬세한 터치를 하기는 영 힘들다. 그래도 제법 꼴은 갖춰진다. 거친 선이 오히려 정겹기도 하다. 훈련되지 않은 내 속 야성이 쑥쑥 고개를 내민 현장 같기도 하고 말이다. 왼손으로 자주자주 그려봐야겠다. 길들여지지 않은 내 왼손의 야성이 그려낼 그림이 엄청 기대된다.

덜덜덜덜

20여 년 전 〈한겨레〉 그림 동호회에서 일주일에 한 차례씩 동료들과 서로의 얼굴을 그리며 그림 연습을 할 때 늘 나는 내 그림이 창피스러웠다. '쓱쓱쓱쓱' 잘 그려내는 친구들에 비해 나는 늘 '덜덜덜덜' 떨며 한 선 한 선 천천히 긋고 있었다. 아무리 열심히 그려도 모델과 잘 닮아 보이지도 않았다. 회사를 그만둔 박재동 화백에 이어 〈한겨레〉 만평을 그리고 있던 박시백후에 만화책 시리즈물 〈조선왕조실록〉을 펴낸 인물 화백도 같은 미술반이었다. 어느 날 박시백 화백이 말했다.

"김미경 씨 선은 덜덜덜덜 떨리는 게, 선인 듯 아닌 듯 아주 매력이 있어요."

뜻밖이었다. 시원하게 죽죽 그어대는 다른 친구들에 비해 겁에 질린 듯 천천히 그려내는 내 선이 늘 부끄러웠었기 때문이다. 속으로 '나는 그림을 못 그리는 사람이야' 하는 생각을 갖고 있었던 터라 '이 사람이 나를 위로해주려고 이러는구나' 싶었다. 하지만 마음 한켠으로는 기분이 좋았다. 내게 내 선이라고 할 수 있는 게 있긴 있는 거구나.

내가 그림을 배운 그림교실에는 대부분 고등학교 졸업 이후에

는 단 한 번도 손에 붓을 잡아본 적 없었다는 30대~60대 직장인들이 몰려온다. 첫 시간엔 모두들 "그림에는 늘 젬병이었어요" "미술시간이 제일 싫었어요" "그림 그리는 법 처음부터 잘 가르쳐 주는 거 맞죠?" "어떻게 그려요?" 한다. 하지만 무턱대고 그리고 싶은 것을 그려보라는 주문에 맞춰 몇 개월 그리다 보면, 신기하게도 각자의 선이 모습을 드러내기 시작한다. 어떤 이는 힘찬 빗줄기처럼 씩씩한 선을, 어떤 이는 솜사탕처럼 부드러운 선을, 각자 수십 년 삭혀온 선을 풀어내 놓기 시작한다. 누군가 이야기했던 누에고치론이 딱 맞는 것 같다. 모든 사람은 누에고치라고. 모두 고치 속에 어마어마한 스토리를 갖고 있다고. 단지 풀어내지 않았을 뿐이라고. 풀어내기 시작하면 엉켜 있던 선들이 끊임없이 풀려 나올 것이라고. 각자 다른 모양의 선들이 말이다.

평생 그림을 그리며 살아오신 어떤 화백을 우연히 만났다. "김미경 씨는 어떻게 선을 그렇게 그을 수 있는 거죠? 꾸불꾸불하게? 나는 그렇게 그을 수가 없어요. 너무 오랫동안 긋다 보니 그냥 직선으로 죽죽 그어져요. 그리고 자꾸 빨리빨리 그려져요. 천천히 그릴 수가 없어요. 꾸불꾸불한 선이 아주 좋아요~" 이러는 게 아닌가?

덜덜덜덜 떨며 천천히 꾸불꾸불 계속 가야겠다.

가본 곳, 안 가본 곳

기자 시절 나는 현장파였다. 단신도 현장에 가본 후 써야 한다고 주장했다. 물론 모든 현장에 직접 가는 일은 불가능했지만 말이다. 가능한 한 현장을 확인하려 노력했다. 팩스로 전달받은 종이에 적힌 정보로는 알 수 없는 것들이 현장에는 많다는 사실을 여러 번 경험했기 때문이다. 책꽂이에 어떤 책들이 꽂혀 있는지, 사무실 직원들과 어떤 관계로 일하고 있는지 현장에선 한눈에 보였다. 그 때문인지 그림 그릴 때도 현장파가 됐다. 사진을 보고는 그릴 수가 없었다. 한 번이라도 현장을 가봐야 그릴 수 있었고, 현장에 죽치고 앉아 그리는 걸 좋아했다.

서울 중계동 백사마을로 스케치 가는 날이었다. 가고 싶었는데 몸이 아파 못 갔다. 오후에 선생님이 찍어 보내준 사진을 보면서 집에서 혼자 그렸다. 이리저리 컴퓨터 화면을 확대해 가며 계단도, 수챗구멍도, 담벼락도, 노란 꽃도 열심히 그렸다. 그래서일까? 유독 그 그림을 볼 때마다 아무런 이야기가 떠오르지 않는다. 직접 밟아본 계단도 아니고, 만져본 꽃도 아니다. 걸어본 골목길도, 쓰다듬어본 담벼락도 아니다. 동네를 둘러싸고 어떤 풍광이 펼쳐져 있었는지, 어떤 하늘이었는지, 어떤 느낌의 날이었는지, 안 가

봤으니 모른다. 다른 그림이랑 비슷한데도 괜히 혼자 '이건 가짜다!' 싶은 맘뿐이다.

현장에 앉아 그리다 보면 공기, 하늘, 바람, 냄새, 주변 풍경, 사는 사람들, 건너편 풍경, 새소리, 사람들 떠드는 소리…… 사진으로는 절대 알 수 없는 수억만 가지가 더 보인다. 물론 아직 나는 그중 천만 분의 일도 다 표현해내지 못하고 있지만 말이다. 어마어마한 것들이 펼쳐진다. 한 번이라도, 한순간이라도 가본 것과 안 가본 것은 천지 차이다.

세상에 망친 그림은 없다

경복궁으로 드로잉 갔을 때였다. 이리저리 돌아다니다 왕비의 뒤뜰을 그리기로 했다. 뒤뜰에 자리한 굴뚝의 섬세한 문양이 마음에 들어서였다. 굴뚝 문양에 빠져 실컷 그리고 보니 굴뚝을 둘러싼 나무들을 그릴 일이 장난이 아니었다. 빼곡하게 서 있는 나무들은 어떻게 표현하지? 한 그루씩 앞에서부터 그리기 시작했는데 그려도 그려도 끝이 없다. 오묘하게 이리저리 뻗은 가지들을 표현해내기는 너무 힘들었다. 잠을 설치면서 열심히 그렸는데 그릴수록 자꾸자꾸 괴물처럼 변해갔다. '에이 그냥 확 찢어 버릴까?' 하다 그림 선생님에게 도움을 청했다.

나 쌤~ 이 그림 좀 보세요. 왕비의 뜰이 아니라 괴물의 숲처럼 보여요. 굴뚝 오른쪽 투시도 잘못됐고. 흑흑. 이쁜 굴뚝에 홀려 그리기 시작했는데 귀신의 숲이 돼버렸어요.

그림 선생님 와~ 나무 느낌 대박인데요? 그 주위로 점 찍힌 것도 나무와 어우러져서 멋있어요.

나 괜히 추어주려고 하는 말이죠? 진짜 멋있어요?

그림 선생님 넵. 나무가 아주 멋져요. 나무 자체의 생김이 원래 그렇고 그걸 묘사하다 보면 나무에 힘이 가서 그렇게 될 수밖에 없어요.

나 뭔가 왕비의 뒤뜰 같은 분위기가 없잖아요? 스산한 게 괴물이 나올 것 같아요.

그림 선생님 왕비의 숲 분위기가 왕비스럽지 않으면 어때요? 왕비의 숲이 일본 땜에 다 폐가가 되어간다, 뭐 이런 수도 있는 거고. 왕비의 숲이 반짝반짝하면 매력이 없죠.

나 ……

그림 선생님 일단 그 그림을 덮어 놓고 좀 있다 보세요. 그러면 멋있는 부분이 새롭게 보일 거예요.

나 그럴까요? 일단 덮어뒀다 다시 볼까요?

일단 덮었다. 한 달쯤 후 열어봤더니 정말 괜찮아 보이는 게 아닌가. 며칠을 더 그려 완성했다. 쫙쫙 찢어 휴지통으로 들어갈 뻔했던 그 그림은 그렇게 살아남았다.

그림을 그리다 보면 '아, 이 그림은 정말정말 완전 망쳤구나' 싶은 마음이 들 때가 종종 있다. 그럴 때마다 왕비의 뒤뜰 그릴 때의 경험을 떠올리며 덮어둔다. 한참 후에 보면 신기하게도 망쳐 보였던 그 부분이 귀엽고 사랑스러워 보이기도 한다. 거기서 다시 출발이다. 계속 그리다 보면 처음에 의도하지 않았던 새로운 모습의 그림으로 완성이 되어간다.

'세상에 망친 그림은 없다'가 그래서 내 그림 철학 중 하나가 됐다. 끝까지, 좀 쉬다 또 끝까지 그리다 보면 어설퍼도 또 하나의 그림이 된다. 정말 세상에 망친 그림은 없다. 세상에 망친 인생은 없듯 말이다.

철학원
어린이
wp

서촌 가을

그림이 우리를 그려주었네

동네 친구

초등학교 들어가고부터는 동네 친구가 없었다. 학교 친구, 학원 친구, 직장 친구만 있을 뿐이었다. 늘 학교에서, 직장에서 하루 종일을 보냈으니, 동네는 들어와서 잠만 자는 곳이 되어버렸다. 2014년 2월 직장을 그만두고 하루 종일 그림 그리며, 글 쓰며 동네에서 살다 보니 동네 친구가 하나둘 생겨나기 시작했다. 갑자기 메신저로 연락해 밥 같이 먹고, 궂은일이 있을 땐 달려와주는 동네 친구. 아직은 좀 낯설지만, 동네 친구가 생겼다는 것만으로 좋다.

2014년 2월 중순 한겨울 추위가 여전할 때였다. 화가로 살아보겠다고 직장을 때려치우기로 최종 결정을 한 무렵 손가락이 오그라드는 추위 속에 나 자신에게 시위라도 하듯 스케치북을 들고 길거리로 나섰다. 동네 여기저기를 돌아다니다 어느 한옥 골목 입구에 자리를 잡았다. 대문 앞에 크게 써 붙여놓은 '입춘대길'이라는 글씨가 마음을 끌었다. 낚시의자를 꺼내 앉아 그리기 시작했다. 한 시간쯤 지났을까? 한 남자가 골목 쪽으로 걸어오더니 왼쪽 대문으로 쑥 들어간다. '음, 저 집에 사나 보군'. 조금 있으니 그 남자가 쟁반에 뭔가를 얌전하게 담아 나온다. '어? 뭐지?'

© 김성준

한과 서너 개와 따뜻한 보리차였다. "추운데 드시면서 그리세요." 야, 눈물이 핑 돌았다. 그 남자가 누구인지 전혀 몰랐는데 한참 후에 돌고 돌아 동네 친구가 됐다. 서촌에 일이 생기면 어디든 나타나는 서촌 '홍반장' 김성준 씨다.

또 한 사람이 있다. 2013년 늦가을 인왕산 수성계곡 올라가는 길 중간쯤에 자리를 잡고 그리고 있을 때였다. 자꾸 사라져가는 빨간 우체통도, 점심 식사 때면 긴 줄을 서는 남도분식도 정겨웠다. 빨간 우체통을 화면에 넣자니 옥인상점 앞에 의자를 놓아야 했다. 토요일 이른 시간이라 옥인상점은 아직 문을 열지 않아 출입문 앞에 앉았다. 한참을 그리는데 옥인상점 대표 설재우 씨가 "아~ 저~ 좀~ 들어갈게요!" 하면서 몸을 비켜 상점으로 들어간다. '혹시 자기 상점 앞에 앉아 그린다고 내쫓을라나?' 싶었는데 아무 말도 하지 않았다. 『서촌방향』을 쓴 동네문화운동가이자 내 동네 친구 설재우 씨와 그렇게 스쳐 처음 만났다.

수성계곡 앞 작고 예쁜 식당에 늘 내 그림엽서를 걸어준 한경진 씨, 사무실 건물 옥상에서 하루 종일 그림 그리게 배려해준 황재환 씨, 김민혜 씨, 옥인동 47번지가 한눈에 내려다 보이는 기가 막힌 집 앞 옥상을 그림 그리라고 선뜻 내준 박민영 씨, 옥상에서 그림 그리다 쫓겨날 때마다 불쑥 나타나 도와준 이지은 씨…… 모두모두 정겨운 동네 친구들이다.

먹고 그리세요!

"옥상화가님~ 옥상화가가 옥상에서 그려야지 왜 땅바닥에 앉아 그려요?"

옥상화가로 알려지고 나서 길거리에 앉아 그림 그리는 내 모습을 발견하면 사람들이 깔깔대며 건네는 말이다. 옥상에서 혼자 그림을 그리다 보면 좀 외롭다. 혼자 인왕산을 보고, 혼자 동네를 내려다본다. 짜릿짜릿한 쾌감이 있지만…… 허허벌판에 혼자 선 느낌이다. 본격적으로 그림을 그리기 시작한 곳이 길거리에서였기 때문일까? 길거리에서 그릴 때는 살짝 흥겹다. 길 가던 사람들이 한참씩 서서 그림 구경을 하기도 하고, 빵, 떡, 식혜, 커피 온갖 군것질거리를 이것저것 얻어먹는 재미도 쏠쏠하다. 그리고 있던 집에 들어가 집 구경도 하고 집주인이랑 한참 수다도 떨 수 있다.

화단을 예쁘게 꾸며놓은 빵집 뒷골목 한옥을 여름 내내 그리고 싶었었다. 보라색 도라지꽃까지 피어 예뻤다. 마지막 여름 풍경으로 그려야겠다고 마음먹고 자리 잡고 앉았다. 한참을 그리는데 주인 할머니가 나오신다. 좋아라 하시면서 집안 구경시켜주겠다고 내 손을 덥석 잡아끄셨다. 80년은 족히 된 듯싶은 한옥은 요리조리 고쳐 살기 좋게 꾸며놓았다. 차 한 잔 얻어 마시고 한참 수

필운대로 9가길
Pirundae-ro 9ga-gil
1→58

다도 떨었다. 나와 그림을 그리고 있는데 할머니가 콩을 넣은 쑥떡을 한 접시 소복이 또 담아 내놓으신다.

우리 집 옆 동네인 서울 종로구 옥인동 47번지. 지난 2007년 이 일대 9,000여 평이 '옥인 제1주택재개발구역'으로 지정됐지만 재개발조합과 서울시 사이에 소송이 계속되면서 현재는 반은 폐허가 되어 있는 동네다. 비어 망가져 귀신 나올 듯싶은 집들과 멀쩡하게 주민들이 살고 있는 집들이 공존한다. 며칠을 동네 입구에 나가 앉아 그릴 때였다. 지나가던 주민들이 "아이고 다 허물어진 우리 동네 뭐 이쁘다고 그렇게 그리고 앉았어요?" "뭐 그릴 게 있어요?" "하이고 그려 놓으니 실제 집보다 훨씬 정겹네요" "여기 오래 살았는데 그림 그리는 사람 난생첨 보네. 신기허네~" 다들 한마디씩 하면서 지나갔다. 한 사람은 냉커피를, 또 한 사람은 김밥과 커피를, 또 한 사람은 빵을 건네주고 갔다.

백 살 할머니

2014년 여름 그림 그릴 장소를 찾아 온 동네를 헤매고 다닐 때였다. 예전에 몇 번 지나치면서 눈여겨봐두었던 효자동 쪽 집이 떠올랐다. 짬이 나면 그리러 와야지, 마음먹었던 곳이다. 달려가 살펴보니 영 구도 잡기가 힘들었다. 돌아서 가려고 발을 내딛던 참이었다. 골목 입구에서 담배를 피우고 있던 할아버지가 기웃대던 나를 봤던지 내뱉듯 이야기한다.

"저 집 백 년 된 집이야. 저 집에 백 살 된 할머니가 살고 계셔. 할머니 요새 통 거동도 안 하시던데 돌아가셨는지 어쩐지 나도 몰라."

갑자기 관심이 높아졌다. 백 년 된 집에 사는 백 살 된 할머니라니. 발길을 돌려 골목 입구 쪽에 자리를 잡고 앉았다. 매일 출근하다시피 그 자리에 앉아 그렸다. 사흘째 되던 날이었던가? 집 안에서 웬 아주머니가 나와 내 그림을 한참 구경하신다.

"우리 할머니 집을 참 멋지게 그렸네. 할머니한테 그림 한번 보여드리고 싶네~." 할머니 간병인이었다. 백 살 된 할머니가 어떻게 생기셨을까 너무 궁금해 "제가 들어가 직접 보여드리죠 뭐~" 하고 집 안으로 성큼 들어섰다. 집은 여기저기 낡았지만 백 년 묵은 기품이 곳곳에서 묻어났다. 안방에 초등학생 정도 체구의 할머니가 곱게 누워 계셨다.

"할머니~ 제가 할머니 집을 그렸어요. 보세요!"

"그런데 우리 집 허름해서 뭐 그릴 게 있나~ 어~ 잘 그렸네."

"할머니~ 저 집 안도 여기저기 그리고 싶은데 괜찮아요?"

"싫어, 싫어. 허름해서 창피해. 그리지 마. 이게 뭐 그릴 거라고 그러나."

힘들어하셔서 금방 돌아 나왔다. 백 살 된 할머니는 수척해 거동도 못하는 상태였지만 얼굴은 소녀처럼 맑고 고왔다. 허름하고 먼지 쌓였지만 백 년을 넘어온 아름다움을 보여주는 그 집처럼 말이다. 할머니 돌아가시기 전에 완성된 그림을 보여드리러 다시 한 번 꼭 들러야겠다.

56-3

본준이

〈한겨레〉 신문사에서 함께 일했던 구본준 기자가 2014년 가을 이탈리아에서 갑자기 사망했다는 소식을 듣고 엄청 놀랐었다. 이것저것 아는 것도 많고, 세련되고, 착하고, 멋쟁이였던 구본준 씨. 구본준 씨와는 〈한겨레〉 미술반에서 함께 그림 그리면서 더 가까워졌다.

구본준 씨와는 잊지 못할 일화가 있다. 1990년대 중반 〈한겨레〉 미술반 시절이었다. 당시 나는 박재동 화백에 이어 〈한겨레〉 미술반 3대 회장을 맡고 있었다. 구본준 씨는 입사할 때부터 미술반 체질인 듯싶어 공들여 스카우트했는데 그림을 열심히 그리지 않는 게다. 당시 〈한겨레〉 미술반은 매년 〈한겨레〉 창간 기념일인 5월 15일 꼬박꼬박 전시회를 열고 있었다. 구본준 씨는 전시회에 그림을 내지도 않고, 전시회 전날 그림을 걸기 위해 모이는 자리에도 참석하지 않았다. 완전 '뺀질뺀질한 군기 빠진 후배'였던 게다. 전시회 첫날. 오프닝이 끝나고 중국집에서 열린 회식 자리에서 '군기 빠진' 후배에 대한 선배 '회장님'의 분노가 폭발했다.

"구본준 씨, 구본준 씨는 도대체 왜 그러는 거야? 왜 그림을 안 그리는 거야? 구본준 씨 속에 있는 그 숨은 자질을 끄집어내라니

까~!"

구본준 씨가 우물쭈물하자, 나는 더 목소리를 높였다.

"구본준 씨 속에 얼마나 엄청나고 어마어마한 자질이 있는데 왜 그걸 그렇게 꽁꽁 숨기고 사는 거야? 숨은 자질을 끄집어내라고! 끄집어내!!"

옆에 앉아 있던 한 여자 후배가 분위기 전환 삼아 한 수 거들었다. "자질이 없는 사람은 어떻게 해야 하죠?" 한참 옥신각신 끝에 당시 미술반 최고 막내였던 구본준 씨가 납작 엎드리는 걸로 끝이 났다.

그리고 한참 지난 후였다. 옆 부서 선배가 비실비실 묘한 웃음을 지으며 내게 다가와서는 "김미경 씨! 김미경 씨가 구본준 씨 '자지' 꺼내라고 했다며?" 하며 웃어젖히는 게 아닌가? 벌써 신문사 내에는 한차례 소문이 돌고 난 후였다. 미술반 멤버 중 바로 그 자리에 함께했던 임범영화 시나리오 작가 씨가 우스개로 소문을 퍼뜨린 게다. 후에 나는 두고두고 공개적인 자리에서 '후배에게 자지를 꺼내라고 소리친 성희롱 선배'로 잘근잘근 술자리 안주 삼아 씹혔다.

구본준 씨가 죽고 나서 한동안 나는 구본준 씨가 그림 그리는 숨은 자질을 결국 꺼내지 못한 채 세상을 떠난 것이 못내 안타까웠다. 죽기 며칠 전 "앞으로 그림 많이 그릴 것"이라고 내게 말했었기 때문에 안타까움은 더했다.

구본준 씨 상가에 모였던 예전 〈한겨레〉 그림반 친구들이 〈한겨레〉 그림반을 부활하자는 데 뜻을 모았다. 매년 〈한겨레〉 창간일인 5월 15일 신문사에서 전시회 여는 것을 목표로 한 달에 한 번씩 모여 그림 그리기로 했다. 구본준 씨가 결국 못 꺼내고 간 '자질'까지 합쳐 우리 속의 숨은 '자질'을 꺼내보기로 했다.

* 그림은 1997~1999년 무렵 〈한겨레〉 미술반 친구들이 그린 구본준 씨 모습이다.

작은아버지

아버지 형제자매 아홉 중 막내인 작은아버지. 공과대학을 나와 기업에서 평생 '공돌이'로 일했던 작은아버지는 60대 후반 은퇴한 후 백화점 문화센터 그림교실에 다니기 시작했다. 평생 그림 그리고 싶었던 한을 풀기라도 하듯, 하루도 빠지지 않고 열심히 다니셨다. 몇 년 전 내 살던 뉴욕 놀러 오셨을 때도 열심히 갤러리 찾아다니고, 화방에서 요런 붓, 조런 물감 고르느라 여념이 없었다. 돌아가실 때까지 머물렀던 양로원에서도 열심히 그림만 그렸다.

2005년 미국 가기 전 작은아버지에게 인사하러 갔다가 그림 한 점을 얻었다. 봄날 북한산을 그린 평범한 풍경화였다. 미국 생활에서 한국이 그리울 때나, 아버지가 보고 싶을 때 꽤 큰 위로가 됐다. 다른 전문 화가들의 그림들도 몇 점 있었지만, 이상하게 내 맘에 더 큰 위로를 준 건 이 그림이었다. 작은아버지와 보낸 시간도, 추억도 많지 않아 내게 작은아버지에 대한 기억도 많지 않다. 그런데 그림 한 점 때문에 작은아버지는 늘 내게 가까이 있는 듯했다. 그림을 보고 있노라면 저 그림을 그리면서 짜릿짜릿 행복해했을 작은아버지의 마음도 읽히고, 작은아버지의 형이었던 내 아버지의 삶도 생각난다. 봄날 북한산 등반길도, '따숩던' 햇살도 느껴진다. 그리고 '착한 직장인으로 한평생을 보낸' 작은아버지가 왜 그렇게 미친 듯이 그림을 그리며 인생을 마무리하고 싶어 했는지 그 이유를 이젠 알 듯도 하다.

뉴욕 생활 내내 집안 가장 잘 보이는 곳에 걸어뒀던 이 그림은 한국에 돌아와서도 우리 집에서 가장 반듯한 곳에 걸렸다.

미경이 미술쌤

내겐 두 명의 '미술쌤'이 있다. 한 명은 박재동쌤 또 한 명은 배민정쌤이다. 박재동쌤은 〈한겨레〉 만평으로 시작해 너무 유명해진 인물이라 내 미술쌤이라고 주장하기 좀 쑥스럽긴 하다. 하지만 진짜 내 미술쌤 맞다. 1988년 〈한겨레〉 창간 때 박재동 화백이 '한겨레미술반'을 만들었다. 그때 박화백 책상이 내 책상에서 그리 멀리 떨어지지 않은 데 있었다. "미경아~ 니도 미술반 들어와라~" 그게 시작이었다. 바쁜 시간을 쪼개 야외 스케치도 나가고 서로 얼굴 그리기도 하면서 천천히 천천히 나는 그림에 빠져들었다.(자세한 내용은 『브루클린 오후 2시』 참고!)

그런데 그때 박화백이 해준 건 칭. 찬. 딱 그것뿐이었다. 어떻게 그리든, 무엇을 그리든, 어디서 그리든. 무조건 칭찬, 칭찬이었다.

처음엔 '이 사람이 누굴 놀리나' 싶었다. 그런데 자꾸자꾸 칭찬을 받다 보니 진짜 내가 그림을 잘 그리는 것 같은 착각에 빠져들었다. 자꾸자꾸 그리고 싶어졌다. 박화백이 〈한겨레〉를 떠난 후에도 조금씩 조금씩 나는 짬 날 때마다 그림을 그리는 사람이 되었다.

2012년 가을, 참여연대 아카데미 느티나무 그림교실 '창작 일러

스트' 수업에 등록했다. 칭찬만 하는 박재동쌤 말고 뭘 좀 가르쳐 주는 그림 선생님을 만나보자 싶었다. 그래서 만난 쌤이 배민정쌤이다. 대학에선 만화를 전공했지만 미국 샌프란시스코의 예술대학Academy of Art University에서 회화를 공부하고 왔단다. 밤새워 그림을 그려도 거뜬한 체력에, 통쾌하고, 멋지고, 나보다 스무 살 가까이나 어리지만 배울 게 철철 넘치는 선생님이었다. 그런데 배민정쌤도 칭찬 전문가였다. 이 선이 멋지고, 요 구도가 좋고, 저 색깔이 죽이고, 요 명도가 감동이고……. 무슨 칭찬대회 위원장처럼 우리 눈엔 보이지도 않는 칭찬거리를 신기하게 잘도 찾아냈다. 함께 수업을 들었던 20명 남짓 친구들은 엉터리로 그은 듯한 선에 쏟아지는 배쌤의 칭찬 폭탄에 처음엔 얼떨떨해했지만, 시간이 지날수록 칭찬 에너지를 냠냠짭짭 먹고 무럭무럭 자라났다.

칭찬 폭탄으로 나를 여기까지 끌어준 두 명의 미술쌤께 맘 깊이 감사 인사 꾸뻑꾸뻑 자꾸 하고 싶다. "이게 무슨 그림이야" 이런 지적 몇 번 받았으면 그냥 몇 장 안 그리고 그림 그리길 그만두었을 텐데 말이다.

먹보

우리 그림쌤은 엄청 먹보다. 사실 나도 예전엔 엄청 먹어대서 친구들 사이에서 별명이 '대식가'로 통했다. 요즘은 양이 팍 줄었지만. 그래도 그림쌤과 한 번씩 먹으러 가면 '보쌈 4~5인분' 주문한다. 보쌈집 주인이 화들짝 놀라며 달려온다.

"저어…… 여자 두 분이 드시기엔 양이 너무 많을 텐데요?"

"괜찮아요. 우리 먹을 수 있어요."

"2~3인분도 넉넉할 텐데요."

"괜찮아요. 4~5인분 주세요."

진짜 둘이서 보쌈 4~5인분을 거뜬히 해치우는 걸 보고 다들 깜짝 놀라는 눈치다. 하하.

그림쌤 수업 때 숙제로 그린 그림들을 찾아보다 재미있는 걸 발견했다. 온통 먹을 것투성이다.

"오늘 저녁 먹은 거 그려 오세요." 쌤은 이런 숙제를 자주 내줬었다. 대충 김치 먹고 살다가, 그림 그리려고 퇴근길 통인시장에 들러 이것저것 장을 보곤 했었다. 어떤 날은 삼계탕, 어떤 날은 고등어조림. 닭, 대추, 인삼, 마늘, 찹쌀, 고등어, 감자…… 재료들을 식탁 위에 펼쳐 놓고 그리다 보면 후딱 밤 10시가 넘었다. 그때부터 삼계탕을 끓일 수도 없고, 배고픈 채 잠들기도 했다. 아무래도 우리 그림쌤 먹는 거 넘 좋아하니까 먹는 거 그려보라고 자꾸자꾸 숙제 내줬던 거 같다.

'좋아요!' 없인 못 살아

2014년 7월 동네에 있는 출판사 대표가 "그림 한 장이라도 팔려면 페이스북에 그림 좀 올려보고 그러죠?" 한 말에 솔깃해 페이스북을 시작했다. '그림 몇 장 올려볼까?' 하고 시작했다가 재미를 붙였다. 페이스북에 계정을 만든 지는 오래됐지만, 몇 년 동안 거의 내버려두었었다.

그림을 올릴 때마다 '좋아요'를 눌러주고, 댓글을 달아주는 '페친들' 때문에 신바람이 나기 시작했다. 내가 그림을 제대로 그리고 있는 건지, 어떤 식의 그림을 그려야 할지 갈팡질팡하고 있을 때, 내 그림을 좋아해주고, 또 다음 그림을 기다려주는 친구들이 있다는 사실이 상상 이상으로 큰 힘이 되었다.

2014년 추석 땐 페친들만을 위한 달걀 그림을 새로 그려 올리기도 했다. 그해 동네 친구들에게 달걀 한 꾸러미씩을 추석 선물로 나눠줬는데, 페친들에게 진짜 달걀은 아니지만 그림으로 그린 달걀이라도 선물하고 싶어서였다. 한번은 스마트폰 앱으로 페이스북과 즐겁게 노는 내 모습을 그려 올렸다. 눈이 내리는 우주 공간에 페이스북 새를 타고 가는 내 모습이었다. 한 페친이 "저도 태워주세요~!" 하고 댓글을 달았다. 재미있어서 그 페이스북 새 위에 한 사람을 더 그려 넣었다. 재미있어하는 페친들을 위해 여러 명의 페친들을 그 페이스북 새 위에 그려 넣었다.

『브루클린 오후 2시』에서 내 소개 말미에 "요즘 새로 생긴 꿈은 '내 이름으로 된 가게 갖기' '미국과 한국 넘나들며 살기'다"라고 썼었다. 그러나 그 후 미국에는 몇 년 만에 겨우 한 번씩 갈 뿐 아니라, 내 이름으로 된 가게는 열지도 못했다는 생각에 여러 번 속상해했었다. 그런데 어느 날 내 가게가 이미 성업 중이라는 생각이 퍼뜩 들었다. 페이스북 말이다. "https://www.facebook.com/meekyung.kim.14" 월세, 전기세, 수도세도 내지 않는 내 가게. 내가 지금 가게를 연다 해도 내놓고 팔 수 있는 건 내 그림과 글과 살아온 인생뿐인데. 내 그림과, 글과, 살아온 이야기를 자근자근 팔고 있으니 페이스북이 내 가게가 아니고 뭐란 말인가 하는 생각이 든 게다. 내 가게에 찾아와 읽고, 칭찬해주고, 행복해하고, 새로운 상품을 기다려주는 고객 같은 페친들 덕분에 지칠 때마다 힘이 불끈불끈 솟았다.

내 친구 인왕산

"요즘 제일 자주 만나는 친구가 누구예요?" 하고 누군가 묻는다면 곧바로 "인왕산!"이라고 대답할 것 같다. 하루에도 몇 번씩이나 눈 마주치며, 가슴 비비며 사는 친구. 인왕산. 대학시절 3년간이나 인왕산 자락 끝 청운동에서 자취 생활을 했는데 단 한 번도 인왕산을 제대로 쳐다본 적이 없었다. 쉰 살 넘어 다시 인왕산 자락에 살게 되면서는 자꾸자꾸 인왕산만 눈에 들어왔다.

미국에서 살 때였다. 하루는 꿈속에서 둥근 지구의 이쪽 편에 살고 있는 내 눈에, 지구의 저쪽 편에 있는 한국이라는 나라가 보였다. 한국이 내가 사는 우리나라가 아니라 저 멀리 지구 저쪽 나라로 객관적으로 보인 거다. 일어나 한참을 울었던 기억이 난다. 내가 지구 저쪽 나라 한국으로 다시 돌아가지 못할 것 같아서.

한국에 돌아왔을 때 예전의 자연과 도시와 사람들이 모두 새롭게 보였다. 난생처음 본 것처럼. 저쪽 나라로 여행 온 듯한 느낌. 산에 둘러싸인 서울이라는 도시도 그랬다. 뉴욕에서는 전혀 볼 수 없었던 풍광이었다. 북한산, 관악산은 제쳐두고라도 북악산, 남산, 낙산, 인왕산이 바로 코앞에 있는 모습은 뭐랄까 꼭 원시림이 도시 속에 쑥 들어와 있는 느낌이었다. 뉴욕 맨해튼 한복판에

센트럴파크가 있지만, 순전히 인공적인 공원이다. 자연이라기에는 너무 세련됐다. 센트럴파크는 속치마까지 얌전하게 챙겨 입고 레이스 달린 양말까지 신고 앉아 자연이라고 빼기는 모습이라면, 인왕산은 팬티 하나 걸치지 않고 자유롭게 누워 있는 모습 같았다. 왁자지껄 부산스러운 세상사에 시달리고, 키 재기를 하다가 문득 고개를 돌려 인왕산이 벌거벗고 누워 있는 모습을 보면 갑자기 모든 일이 부질없어 보이기도 하고, 창피해지기도 했다.

옥상에 올라 인왕산을 그리다가 혼자 괜히 얼굴을 붉히는 일도 잦다. 진짜 벌거벗고 누워 "빨리 너도 벗어~!" 하는 것 같다.

남도분식
광화문우체국

엄마새

저녁밥을 챙겨 먹고 차 한 잔 마시며 식탁 위를 보다가 '맞아~ 새를 그려야지!' 싶었다. 미국 살면서 새 모으기를 시작했었다. 살아 있는 새가 아니라 나무, 철, 헝겊, 유리 등 각종 재료로 만들어진 새 말이다. 한국 돌아와서도 그중 아끼는 몇 마리는 늘 식탁 위에 두었다. 어느 날 명암 표현을 위해 식탁 왼쪽에서 스탠드 조명을 쏘고 한참 그렸다. 한 마리 한 마리 그리고 있노라니 그 새들이 각자 우리 집으로 와 내 식탁 위에 오르기까지의 사연들이 뭉게뭉게 피어올랐다.

사이즈가 큰 그림을 그리면서 중단했지만, 펜화를 그리기 시작하던 초기에는 그림 중에 한 부분을 골라 노란색으로 칠했다. 내 마음을 가장 울리는 것들을 찾아 노란 물감으로 표현했다. 철거촌에 세워져 있던 노란 기타를 시작으로 찻집 탁자 위의 스탠드, 봄꽃, 인왕산 등이 내 그림 속 노란 포인트가 됐다.

식탁 위에 올라앉은 새들은 다 귀한 사연을 가진 놈들이었다. 망설이다 상아로 깎아 만든 부엉이를 노란색으로 칠하기로 했다. 엄마는 노년을 미국 요양원에서 보냈다. 미국 살 때 엄마와 함께 여기저기 다녔었는데, 엄마는 늘 예쁜 소품 구경하고 사기를 좋아

했다. 뉴욕 주에 있는 현대미술뮤지엄 디아 비콘Dia Beacon에 갔을 때였다. 디아 비콘을 가득 메운 설치 작품들에 엄마는 별 관심이 없었다. 뮤지엄이 위치한 마을 입구에 있던 앤티크 가게로 가자고 자꾸 졸라댔다. 상아로 만든 부엉이는 그날 어둡고 복잡하던 어느 앤티크 가게에서 엄마가 골라낸 새였다. 엄지손가락만큼 작은 크기지만 아주 섬세하게 조각돼 질투가 날 정도였다. 눈도 어둡다면서 어떻게 그 새를 찾아냈는지 참 신기했다. 지난해 엄마 장례 치르러 미국에 갔을 때 선반 속에 다소곳이 서 있던 부엉이를 찾아 유품으로 챙겨 돌아왔다.

예쁜 것들을 찾아내고, 만들고, 챙기는 걸 좋아했던 엄마. 늘 뜨개질하고, 옷을 만들고, 떡을 만들고, 된장을 담그고, 손으로 뭐든 맵시 있게 해내던 엄마. 내가 뒤늦게 그림 그리겠다고 야단법석을 떠는 것도 다 엄마의 그 DNA 때문이라는 생각이 든다. 상아 부엉이를 고르던 엄마의 센스. 노랗게 노랗게 칠했다.

이효리

돌이켜 생각하면 참 어처구니없고 창피한 일이지만, 어린 시절 나는 연예인을 아주 천박하다고 생각했다. 깔봤다. 초등학교 시절 나훈아파, 남진파로 나뉘어 입씨름을 벌이는 친구들을 보며 한심해하고, 이미자, 나훈아, 남진, 하춘화 등등을 모두 목소리만 좋을 뿐 아주 못 배운, '대학도 못 나온 촌닭 같은 사람들'이라고 생각했다. 교수나 의사 같은 고상한 직업에 비해 노래 부르며 사는 인생은 아주 하찮고 허접해 보였다. 당시 우리 사회의 고정관념을 내재화했던 게다.

한참 지난 후에야 이들이 모두 엄청난 아티스트들이란 사실을 깨달았다. 온몸을 던져 관객들과 소통하는 연예인으로 살면서 이들이 또 얼마나 계속 성숙해 가는지도 관찰했다.

가수 이효리 씨를 볼 때마다 나는 늘 어린 시절 연예인을 깔보고 무시했던 내 마음을 자꾸자꾸 반성한다. 쌍용자동차 티볼리 광고에 무료로 출연하겠다고 이야기하는 이효리를 보면서 다시 그 맘이 들었다. 2014년 아름다운재단을 그만두기 직전 마지막 사업으로 '노란봉투 캠페인'을 진행했었다. 쌍용자동차 해고 노동자들에게 내려진 47억 원 손해배상 선고에 항의해 시작된 이 모금 캠페인에 현금 4만 7,000원과 함께 가슴 뭉클한 편지를 보내 거센 불길을 당긴 사람도 바로 이효리 씨였다. '노란봉투 캠페인'이 총 모금액 14억 6,874만 1,745원, 총 참여자 수 4만 7,547명으로 어마어마한 대성공을 거두게 된 데는 이효리 씨의 몫이 컸다.

언젠가 친구에게 이런 이야길 한 적이 있다. "나도 여성학을 공부했지만, 여성학 공부한 사람들, 여성운동 한 사람들 몇천 명이 할 수 없었던 일을 이효리 씨가 하고 있는 것 같다"라고 말이다. 연예인의 삶을 무시했던 어릴 적 그 마음을 다시 한 번 공개적으로 반성한다. 고마운 맘을 담아 이효리 씨가 사랑하는 바둑이 순심이를 스마트폰으로 그려 선물하기도 했었다. 요즘 일하는 빵집 앞에도 순심이를 분필로 얌전하게 그려놓았다. 연예인뿐 아니라 새우잡이배 선원이든, 아파트 관리원 아저씨든, 누구의 삶이든 깔보고 무시했던 내 마음 깊은 곳 잔챙이들까지 탈탈 꺼내 반성하고 싶다. 멋지다, 이효리!

그림만 그린다고 되는 게 아니야!

미국 사는 딸이 너무 좋은 글이라면서 읽어보라고 링크를 잡아 보내줬다. 눌러보니 영어로 11장짜리. 에구구. 읽으려다 포기했다. 컴퓨터 화면으로 긴 영어로 쓰인 글을 읽긴 짜증이 났다. 다음에 출력해서 읽어야지 하고 넘겼다. 다음 날 "엄마! 그 글 다 읽었어?" 하고 메시지를 보낸다. "어어~ 지금 읽으려고 해. 내일 읽을게." 다음 날 또 득달같이 메시지가 왔다. "다 읽었어? 왜 안 읽어?" 요다음부터는 딸과의 대화 내용이다.

나 있잖아. 엄마가 요새 그림을 너무 열씨미 그리다 보니까 말이야. 책도 안 읽고, 글도 안 쓰고, 텔레비전도 안 보고. 그림 그리는 거 외에 딴 거 하면 시간이 너무 아깝다는 생각이 자꾸 드는 거 있지?(살짝 엉겨 붙으면서 안 읽고 넘어가려는 수작 수준으로)

딸 그건 너무 바보 같은 생각이야.

나 어어어…… 알아써.

딸 그림을 그리는 사람이니까 다른 것도 많이 해야지.

나 그런데 자꾸 그림만 그리고 싶어.

딸 그러면 그림이 좋을 수 없지. 자꾸 다른 것을 많이 해야 그림이 좋아지지. 아트는 아트만 하면서 배우는 게 아니잖아.

나 (속으로 허걱! 하다가 반전의 기회를 찾은 듯 다시 이야기하기 시작한다) 맞아. 아트는 아트만 하면서 배우는 게 아니야. 엄마가 그리는 그림이나 선은 엄마 인생이야.

딸 뭐라고?

나 엄마가 살아온 것들이 다 녹아들어 엄마 그림이 됐다고. 갑자기 뚝딱 그림 기술 배워 그리는 게 아니란 말이지.

딸 그건 당연하지. 근데 엄마! 엄마가 지금까지 산 걸로 다 되는 게 아니야. 앞으로 살아가는 게 중요하고 그게 합쳐져야 진짜 그림이 되는 거지.

나 허걱!(완전 졌다. KO패!)

딸 알았지? 그림만 그리지 마!!!

나 알아써. 고마워.(깨갱)

결국 그 11장짜리 글을 출력해 다 읽고 그 글의 내용과 관련해서 딸과 1시간 동안 메신저로 대화를 했다.

엄마, 나 가난하게 살아야겠어

내가 세상에 나와 한 일 중 제일 큰 자랑을 든다면 단연 딸을 낳아 기른 거다. 이제 나보다 키도 마음도 훌쩍 더 커진 딸.

딸은 청소년 시절 내내 엄마처럼 살지 않겠다고 했었다. 그 뜻은 '엄마처럼 가난하게 살지 않겠다' '엄마처럼 시리어스하게 살지 않겠다'였다. '부자가 되어 엄마에게 쬐끔 나눠주겠다'가 딸의 모토였다. 나는 이런 딸의 태도가 싫기도, 좋기도 했다. '딸이 정말 돈만 아는 괴물로 커가면 어떡하나?' 하는 걱정도 컸지만, 딸의 바람처럼 엄마보다 경제적으로 좀 더 넉넉하게, 엄마보다 세상 고민으로 보내는 시간이 좀 더 적게 살게 되기를 바라는 바람도 마음 한 켠에 있었다.

대학에 들어가 철학, 경제학, 역사학을 공부하면서 딸은 확 달라졌다. 책읽기를 몸서리치게 싫어했던 딸이 철학책 읽기에 푹 빠졌다. 캠퍼스 내 학생운동에도 열성을 보였다. "엄마, 내가 아무 생각 없이 무조건 부자가 되겠다고 했던 게 얼마나 바보 같았던지. 그치?" 이럴 땐 이게 옛날의 내 딸이 맞나 싶다. 눈물 쏙 빠지게 기뻤지만, 은근히 기대했던 '부자가 된 딸의 콩고물'이 공중으로 사라진 듯해 섭섭하기도 했다. 하하.

OLIN MEMORIAL LIBRARY

대학교 3학년 프로그램study-abroad으로 딸이 인도행을 선택했다. 인도 오지의 사찰에서 동양철학을 배우는 프로그램이란다. 인터넷, 휴대전화도 사용할 수 없는 곳이다. 딸이 이제 정말 내가 손 닿을 수 없는 곳으로 떠나는 느낌이다. 엄마보다 더 '시리어스하게', 엄마보다 더 '가난하게' 살겠다는 결심을 하고 돌아올지도 모를 딸의 미래에 큰 박수를 보낸다. 역시 인생은 꽃보다 아름답다.

그리고…… 인도에서의 공부를 마치고 돌아온 딸이 나에게 보내준 이메일이다.

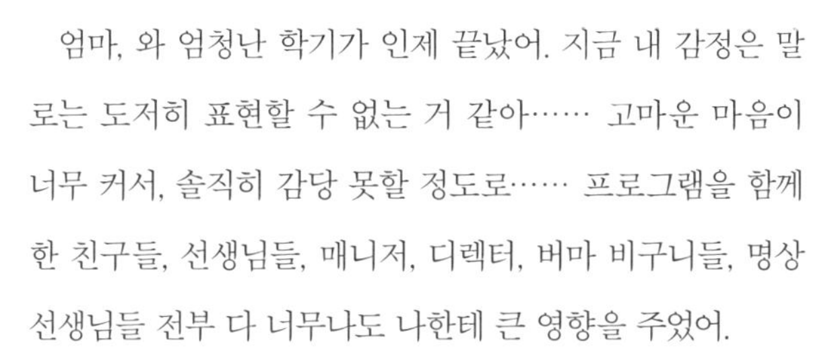

엄마, 와 엄청난 학기가 인제 끝났어. 지금 내 감정은 말로는 도저히 표현할 수 없는 거 같아…… 고마운 마음이 너무 커서, 솔직히 감당 못할 정도로…… 프로그램을 함께 한 친구들, 선생님들, 매니저, 디렉터, 버마 비구니들, 명상 선생님들 전부 다 너무나도 나한테 큰 영향을 주었어.

엄마한테도 고마운 마음 전하고 싶었어…… 어떨 땐 정말 믿어지지 않아. 고촌에서 언제 여기까지 왔는지……. 정말 인생은 어떻게 될지 알 수 없다, 그치? 그런데 나는 엄마 덕분에 이렇게 좋은 일을 계속할 수 있을 거라 믿어.

엄마, 내가 맨날 엄마 홈리스라고 놀렸지? 그런 엄마 덕분에 내가 중요한 것들을 아낄 줄 알고 필요 없는 걸 놓아줄 줄 알게 된 거겠지. 엄마 국어국문학 전공korean literature major도 놀렸지. 하지만 그것 때문에 나도 엄마처럼 내가 정말로 원하는 것을 공부하고 일하게 되었어. 엄마가 나한테 씩씩한 마린이라고 맨날 말해줘서 어려운 상황에서도 엄마를 생각하며 열심히 이겨낼 수 있다고 믿어. 인도 처음에 갔을 때 너무 힘들었어. 잘못 왔다는 생각이 들었고 그냥 떠나고 싶었어. 그런데 이렇게 나에게 큰 의미 있는 시간이 됐다니. 힘들어도 열심히 하고, 자기 자신을 믿고, 열린 생각을 가지면 정말 좋은 일들이 계속 오는 거 같아.

난 엄마가 너무 자랑스러워, 정말루. 엄마 그림 다른 사람들한테 보여줄 때마다 너무 기뻐. 인도 떠나기 전에 어떤 사람이 엽서 보고 완전 놀라더라. 엄마가 아티스트냐고 물었어. 그래서 내가 "어…… 글쎄요……" 그러니까 어떻게 이렇게 그리는데 아티스트 아니냐고 그러더라. :) 엄마가 빵집에서 일하는 것도 너무 좋아. 하나도 부끄럽지 않아. 엄마가 원하는 걸 하면서 행복을 찾고, 많을 걸 원하지 않으면서 사는 모습 그것 자체로 난 좋은걸. 나도 작년에 공부하면서 갈등이 많았어. 내가 정말로 좋아하는 걸 할까? 그러면서 굶을까? 아니면, 좀 더 돈을 버는 그런 생활을 위해서 일할까? 그런데 이번 학기 때 그냥 정말로 내가 하고 싶고 다른 사람들도 돕고 지위와 돈에 매달리지 않으면서 살고 싶다는 감정이 더 커졌어. 아직도 스트레스는 많지만 내 생각에 더 자신감을 가질 수 있게 됐어.

엄마, 내가 엄마는 리액션이 없다고 화내잖아. 그건 아직도 내가 애여서 왕짜증 나지만 그래도 그것 역시 도움이 많이 됐어. 문제가 있으면 그것에 너무 매달리지 않고, 좋은 일 있으면 그것에 너무 매달리지 않고. 엄마 『Zen Mind, Beginner's Mind』란 책 알어? 거기서 'nothing special'이라는 섹션이 있는데, 'enlightenment'는 'nothing special'이라고 모든 것은 'nothing special'이라고 말하는 부분이 있거든. 나중에 봐봐. 엄마가 내가 보드가야에 있는 걸 마지막 주에 알게 된 것처럼 엄마는 정말 모든 걸 'nothing special'로 보는 거 같아. 그렇지만 그게 좋은 점이 많다고 봐. 너무 뭔가 스페셜한 거에 매달리지 않고 그냥 자기 자신이 하는 것에 만족하고 잘하면 그게 정말 'nothing special'이지만 스페셜한 거 같아. 말이 좀 안 되지? 미안해. 나중에 말하자.

이번에 불교를 통해 너무나도 많은 것을 배웠어. 내가 완전 달라져 오는 건 절대 아니지만, 고마움과 연민, 인식 그리고 영원하지 않은 것에 대해 많이 생각하게 되고 내가 어떻게 더 좋은 사람이 될 수 있는지도 생각하고 있어.

내가 이렇게 많이 배울 수 있었던 것은 엄마가 나를 언제나 씩씩하고 여러 가지를 탐구하고 열심히 배우고 솔직하게 살게끔 가르쳐 줘서야. 그치? 지금 내가 복잡한 마음에 이렇게 말을 많이 했는데 원래 끝나고 엄마한테 이메일하려고 했어.

엄마, 너무나도 고맙고 사랑해!!!!!!!

여관
Coffee
Excellence in Hand Drip Coffee
BAR Espresso & Craft Beer
필
무
렵
보안
여관

효자로7길
Hyoja-ro 7-gil
메밀꽃필무렵
734-0367

서촌 겨울

작은 돌멩이를 치우는 사람

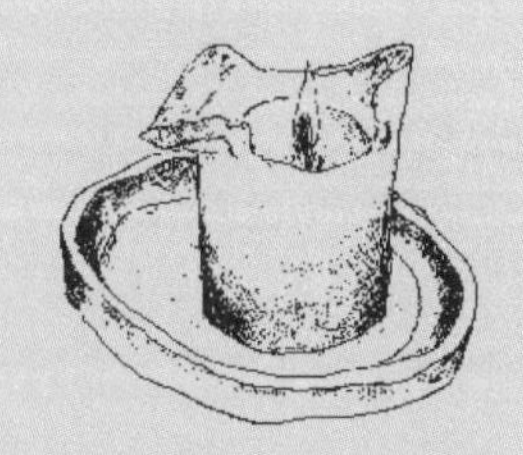

작은 돌멩이를 치우는 사람

돌이켜보면 나는 늘 '내가 몸으로 실천하지 못할 일은 말하지 말자' '생각하면 말로 하지 말고 실천하자'라는 강박증 비슷한 게 있었던 것 같다. (…) 정치적, 사회적, 경제적 거대 담론들을 내 입으로 이야기하는 것보다 개인적인 일상사와 연결해 궁리하고, 해석하고, 받아들이고, 실천하는 걸 더 즐겼다. 그러니 내 삶은 늘 더뎠다.

『브루클린 오후 2시』 서문에서 나는 나를 이렇게 소개했다. 어릴 적 강렬한 인상을 받았던 이솝 우화 한 편이 기억난다. 대중목욕탕 앞에 큰 돌멩이가 놓여 있다. 어떤 사람은 그 돌멩이에 걸려 넘어지고, 어떤 사람은 그 돌멩이를 피해 돌아갔다. 이솝은 그 돌멩이를 힘들게 치워 뒤에 오는 사람들이 걸려 넘어지거나 돌아갈 필요가 없게 만들었다는 이야기였다. 어린 마음에 '음~ 나도 돌멩이를 치우는 사람이 되어야겠구나' 하며 굳게 다짐했던 기억이 난다. 흠흠. 돌멩이를 치우는 사람.

사람들이 걸려 넘어지는 돌멩이를 치우는 사람으로 산다는 건 쉽지만은 않았다. 돌멩이인지 아닌지 확인하는 일도 어려웠고, 혼자 치울 수 있는 가볍고 작은

·용철

돌멩이도 흔치 않았다. 치운 돌멩이를 어디다 둬야 할지도 어려운 숙제였다. 목욕탕의 위치가, 포장 안 된 길이 문제이지, 그 작은 돌멩이가 무슨 문제냐는 의문도 생겼다. 오히려 돌멩이가 거기 있어서 사람들이 조심스럽게 다닐 수 있게 해준다는 궤변을 만들어내 자위하기도 했다. '돌멩이를 치우는 사람이 되어야지' 하던 다짐을 실천하기는 그리 쉽지 않았다. 그래도 큰 바위나 골목길의 방향을 바꾸는 일까지는 못해냈지만, 작은 돌멩이는 치우면서 산 것 같다.

학력 차별에 대해 거품을 무는 사람들과 함께 목청을 높이진 않았지만, 나는 소위 '석사 기자'로 '고졸 판매 사원'을 사랑하고 결혼했던 일. 페미니스트라고 큰 목소리로 떠들지는 않았지만 평생, 아니 부모로부터 독립한 이후로, 단 하루도 남자가 벌어다주는 돈으로는 살아본 적 없었던 일. 내가 겨우 내세울 수 있는 자랑거리다. 내 앞에 놓인 학력 차별, 성차별 돌멩이를 치우느라 생몸살을 앓았다.

서울지방경찰청

서명숙

수많은 사람들이 남의 취향에 맞춰서 살고 있는 것 같습니다. '누가 뭐라고 하면 어떡하지?'라는 생각에 꽁꽁 갇혀 있죠. 모든 사람들이 자기만의 열정, 고민, 자기만의 취향을 존중하고, 자기 자신의 내면의 소리에 주목하면 좋겠습니다.

한국 최초의 '아쇼카 펠로Ashoka Fellow'에 선정된 서명숙 씨가 선정식에서 밝힌 소감이었다. 1980년 미국 워싱턴 D.C.에서 시작된 비영리단체이자 세계적인 사회적기업인 아쇼카재단은 전 세계 73개국에서 약 3,000여 명의 아쇼카 펠로인 사회적 기업가들을 길러왔다. 이들이 펠로를 선정하는 가장 중요한 기준은 '기존의 방식과는 전혀 다른 접근을 통해 시스템 차원의 변화를 이끌어낼 잠재력이 있는 사람'이다. 아쇼카 펠로는 많은 사람들이 불가능하다고 여겼던 것을 가능하게 만드는 '체인지 메이커Change maker'의 역할을 하는 사람이다.

〈시사저널〉 〈오마이뉴스〉 편집장으로 일했던 서명숙 씨를 늘 멀리서 봐왔다. 〈오마이뉴스〉를 그만두고 스페인 산티아고로 떠났다는 이야기를 들었을 때 '걸으면서 힘들었던 직장 생활의 무게를 훌훌 걷어내고 다시 씩씩한 편집장으로 돌아오겠지' 하고 생각했던 기억이 새롭다. 그런데 그는 진짜 떠나버렸다. 그리고 7년여 만에 제주 올레길을 만들어 내고, 한국 사람들이 온통 걷기의 즐거움에 빠지게 만들었다. 아쇼카가 찾는 '기존의 방식과는 전혀 다른 접근을 통해 시스템 차원의 변화를 이끌어낸' 것이다.

당당하게 소감을 이야기하는 서명숙 씨를 보면서 '떠남'이 생각났다. 〈시사저널〉 편집장, 〈오마이뉴스〉 편집장 자리를 박차고 뛰쳐나와 길을 만들겠다며 고향으로 내려왔을 때 어머니마저 "그래도 1년에 한 번씩 대통령한테서 선물도 받는 그 좋은 자리를 왜 버리냐? 니가 도로공사에 취직했냐? 길을 만들게? 하던 글이나 쓰지~"라고 힐책했단다.

자신이 정말 원하는 것이 무엇인지 귀 기울일 수 있는 용기, 그것을 위해 자신이 현재 가진 가장 소중해 보이는 것들을 버릴 수 있는 용기. 자신이 정말 원하는 것을 찾아 떠날 수 있는 용기. 그 용기만이 나를, 세상을, 진정 행복하게 할 수 있는 게 아닐까?

양희은

처음 양희은 씨의 노래가 내 인생에 들어온 건 대부분 사람들이 그렇듯 〈아침 이슬〉이었다. "긴 밤 지새우고 풀잎마다 맺힌 진주보다 더 고운 아침 이슬처럼 내 맘의 설움이 알알이 맺힐 때 아침 동산에 올라 작은 미소를 배운다." 대학시절 데모 대열에 끼여 앉아 비장하게 이 노래를 부르고 또 불렀던 기억이 난다. 가물가물하지만 1982년 어느 날이었던 것 같다. 학교 선배가 심각한 표정으로 말했다. "양희은 선배가 암에 걸렸대. 얼마 못 산대." 당시 지금은 철거되고 수성계곡으로 복원된 옥인아파트에 양희은 씨가 살았었다. '아아~ 양희은 씨가 죽는구나~'

그 후에도 〈이루어질 수 없는 사랑〉 〈작은 연못〉 등의 노래를 늘 흥얼거리며 살았지만 양희은 씨는 잊었다. 미국으로 건너갔던 양희은 씨가 다시 한국으로 돌아와 1993년 『이루어질 수 있는 사랑』이라는 수필집을 낼 때까지. 아마 자신의 대표곡인 〈이루어질 수 없는 사랑〉을 패러디한 제목이었나 보다. '사람들이 자신들은 회사 들어가 넥타이 매고 다니고, 뱃살이 불쑥 올라왔으면서 나보고만 계속 청바지 입고 통기타 들고 노래 부르라 한다. 나도 나이 들어 뚱뚱해지고, 화장도 하고, 치마도 입고 싶은데, 화장하고

치마 입은 양희은은 양희은이 아니라고 한다. 지금의 살찌고 화장한 양희은도 양희은이다'라고. 수필집 속 뭐 이런 대목을 읽으면서 가슴이 뭉클했던 기억이 난다.

그 후 양희은 씨는 라디오 MC와 가수 활동을 계속하면서 자신만의 스타일을 만들어갔다. 요즘은 개그 프로그램에도 씩씩하게 나오는 양희은 씨. 지난해 말 예순두 살에 신곡만으로(12곡 중 1곡은 리메이크곡) 새 앨범을 내놓은 양희은 씨. 당시 대중들이 그에게 원했던 '청바지와 통기타'의 이미지에 자신을 그대로 꽁꽁 묶어뒀었다면 전혀 만날 수 없었을 모습들이다. '청바지와 통기타'의 이미지를 DNA로 지켜내면서도 멋지게 나이 들어온 그녀! 아주 기분 좋다~!

춤바람

미국 살 때 친한 친구가 춤바람이 났다. 대학교 1학년 처음 만났을 때 39킬로그램 빼빼쟁이였다. 이런저런 인생의 굴곡을 넘나든 후 미국에서 다시 만났을 때 친구는 몸이 두 배쯤 불어 있었다. 고왔던 얼굴 윤곽도 허물어졌다. 굵어진 허리를 뒤에서 훔쳐보며 중얼거렸다. "아~ 이렇게 우리의 청춘이 다 가는구나~"

아이들을 다 키워 대학까지 보내고 난 어느 때부터인가. 친구가 춤을 추기 시작했다. 전화하면 늘 춤추고 있단다. 미국 시골에 사는 친구는 컨트리 뮤직에 맞춰 추는 라인댄스에 재미를 붙였다. 열심히 춤을 추는 통에 놀러 가면 나까지 춤추는 공회당에 끌려가 춤춰야 했다. 그렇게 몇 년. 친구의 몸이 달라졌다. 얼굴엔 윤기가 흐르고, 몸에는 탄력이 붙었다. 35년 전 처음 만났을 때보다 더 멋있어졌다.

한국 와서 안무가 최경실 씨의 춤교실 '도시의 노마드'에 나갔다. 드러누워 땅바닥과 비비대며 추는 춤, 신발 들고 추는 춤, 발바닥으로 추는 춤……. 수업에서는 어디서나 추는 춤, 무엇이든 소재가 되는 춤, 마음대로 추는 자유로운 춤을 배운다. 춤 수업에 대한 서로의 소감을 나누는 시간에 한 친구가 이야기했다.

"야생동물들은 트라우마가 없답니다. 사자나 호랑이로부터 공격받았던 두려움의 기억을 혼자서 몸을 덜덜덜덜 떨면서 바로 다 지워버리기 때문이랍니다. 인디언들이 사랑하는 사람의 죽음을 앞에 놓고 슬픔이 다 사라져 없어질 때까지 춤을 추듯이 말이죠. 정말 춤이 그런 역할을 하나 봅니다."

글 쓰는 일보다 그림 그리는 일은 좀 더 본능적이고, 그림 그리는 일보다 춤추는 일은 좀 더더 본능적이라는 생각이 든다. 글로는, 그림으로는 다 털어내지지 않는 내 속의 부자연스러움, 구속, 경직됨, 두려움, 불안의 기억들을 춤으로 덩실덩실 다 털어내고 싶다. 더 자유로워지고 싶다. 미국 사는 그 친구도 무의식적으로 털어낼 것들이 많아, 더 자유로워지고 싶어, 그렇게 열심히 춤을 췄던 게 아닐까 생각해본다.

난 벗고 살고 싶어요

한국 돌아와 처음 맞은 2012년 여름. 햇볕이 쨍쨍 내리쬐는 무더위에도 원피스 위에 카디건을 꼭꼭 걸치고 다니는 한국 여자들의 모습이 첫눈에 히잡을 꼭꼭 쓰고 다니는 아랍 여성들처럼 보였다. '아이고 더워라. 저 카디건을 벗어젖히면 얼마나 시원한데 왜 저렇게 답답하게 걸치고 다니는 거지?' 미국 살면서 처음으로 여름철에 어깨와 팔이 훤히 다 드러나는 원피스, 민소매를 입어봤었다. 겨드랑이로 바람이 솔솔 들어오는 게 그렇게 시원할 수 없었다. 힘껏 카디건을 내팽개쳤었다.

이상하게 한국에 돌아와선 민소매와 끈원피스를 입고 돌아다니기 힘들었다. 누가 뭐라는 것도 아닌데. 슬그머니 카디건을 꺼내 걸치는 게 아닌가? 소매 없는 원피스를 입고 맨해튼을 활보하고 다녔는데 서울에선 왜 속옷 차림으로 다니는 느낌이 드는 걸까? 미국에서는 길거리에 모르는 사람 천지여서 그랬을 수도 있고, 모두들 벗고 다니니 자연스러운 것이었을 수도 있다. 한국 온 지 2년째부터는 여름철에 민소매만 입고 길거리에 나서는 건 어려운 일이 되어버렸다.

숙명여대 학생회가 축제 기간 선정적인 의상 착용을 제한하는 규정을 발표해 논란이 인 적이 있었다. 자기가 좋아 벗든, 꼬시려고 벗든, 벗는 게 도대체 무에 문제인가? 여자들이 활활 벗고 다니는 미국이나, 꽁꽁 싸매고 다니는 아랍이나, 벗기도 싸매기도 하는 우리나라나, 아무리 찾아봐도 여성의 패션과 성폭행 비율과의 뚜렷한 상관관계를 보여주는 통계를 찾기는 힘들다. 나도 좀 더 벗은 남자의 몸매를 보면 좋고, 만지고 싶고, 같이 자고 싶고, 그런 맘이 든다. 그런데 그렇다고 엎어뜨리나? 자기 벗은 몸도 즐기고, 남의 벗은 몸도 즐기자. 엎어뜨리기는 범죄니까 고것만 말고 실컷 맘껏 즐기자 싶었다.

그렇게 다시 마음을 다잡아 먹고, 어느 가을 선유도공원에서의 춤 공연 날. 홀렁 벗고 민소매로 덩실덩실 춤을 췄다.

동사무소표 목욕탕

미국 생활을 접고 돌아와 동네 동사무소에 처음 갔을 때였다. 문을 열고 들어가는 순간 갑자기 얼굴이 확 붉어졌다. 무의식적으로 한 손으로는 가슴을, 또 다른 한 손으로는 아랫도리 쪽을 가렸다. 헉! 도대체 이게 뭐지? 목욕탕 문을 잘못 열고 들어선 느낌이었다.

동사무소 여기저기 앉아 있는 친구들이 누구인지, 어떤 사람들인지 한눈에 훤히 다 보이는 듯했다. 마치 그들이 모두 벌거벗고 앉아 있는 양 말이다. '음…… 저 입구에 앉아 있는 저 친구는 분명히 방위인 게야. 파견된 지 얼마 되지도 않았나 보네. 어벙해 보이는 게…….' '저 친구는 여기서 꽤 뼈가 굵은 거 같은데? 여상을 나왔을까? 아니 요즘 대학 나온 공무원들이 얼마나 많은데. 꽤 리더십도 있어 보이는걸?' '저 오빠는 뭐야? 산전수전 다 겪었구먼. 여기까지 오느라 참 고생 많았겠다.'

미국 처음 갔을 때였다. 한인 이민자들이 법정이나 이민국 등에 업무 보러 갈 때 중고등학교에 다니는 자녀를 결석시키고 데리고 간다는 이야기를 들었다. 어이가 없었다. '아이구, 이 불쌍한 인간들아. 어째 그렇게 한심하게 사냐. 다른 나라에 왔으면 그 나라

언어를 죽자사자 익혀서 의연하게 살아야지. 애를 결석시키고 법정에 데려가? 왜 사냐? 왜 사냐구? 아이구 한심한 사람들아' 속으로 그렇게 씨부렁댔었다.

살아보니 만만치 않았다. 법정에 나갈 일까지는 없었지만, 이민국 일이나 은행, 자동차 보험 업무 등을 보러 사무실을 찾을 때면 등에서 식은땀이 좍좍 났다. 준비해 간 질문이나 답변 이외에 전혀 엉뚱한 것들을 물어오면 혼비백산했다. 사무실에 앉아 있는 다양한 인종의 사람들이 도대체 어떤 생각을 하고 있는지, 누가 팀장인지, 누가 부장인지 전혀 알 수가 없었다. 알지 못한다는 게 얼마나 무시무시한 공포인가를 뼈저리게 경험했다.

그날. 후딱 볼일 보고 동사무소를 뛰쳐나오던 그날. 익숙한 세계로 돌아왔다는 안도감과, 새로운 세계로의 도전에 실패하고 귀향한 패잔병의 낭패감이 훅 엇갈렸다.

ohoo-cafe
Projec

다시 뛸까?

철들고 내가 시청 앞 광장에 나가 이리저리 뛰어다닐 때마다 우리 사회는 엄청나게 변했다. 1980년 봄 대학교 2학년생으로 최루탄 맞으며 처음 시청 앞 광장을 뛰어다녔다. 당장은 무자비한 독재정권이 다시 들어서는 고통을 겪어내야 했지만, 그때 시청 앞 광장을 뛰어다닌 우리 청춘들의 힘이 결국 세상을 바꿔냈다. 1987년 6월 대학원생으로 시청 앞 광장을 또 이리저리 뛰어다녔었다. 그땐 확실히 6월 항쟁을 이뤄냈다. 그러고는 그다음 해인 1988년부터 직장인이 됐다. 늘 시청 앞 광장을 바쁘게 왔다갔다 지나다녔지만 어깨 걸고 뛸 일은 별로 없었다. 아 참. 2002년. 월드컵에 환장해 시청 앞에서 광화문까지 마구 뛰어다녔었다. 그래. 그 뛰어다님도 우리 사회를 엄청 바꾸긴 바꾸었네.

그리고 외국에서 좀 살다 돌아온 지난 2013년 8월. 오랜만에 시청 앞 광장에 나갔다. '국정원 댓글 규탄' 촛불시위 때였다. 이건 정말 아니다 싶었다. '정치적 감각이 상당히 떨어지는' '많이 개인적인' '정말 마음이 동하지 않으면 움직이지 않는' 등등의 수식어로 설명될 수 있는 '나'라는 존재가 시청 앞까지 내 발로 찾아간다면 세상이 바뀔 것이라고 믿었다. 내가 시청 앞 광장을 뛰며 돌아다녔을 때는 늘 세상이 엄청나게 바뀌었으니까.

그런데 안 바뀐다!!! 을지로에서 시청 앞까지 구호를 따라 외치며 빗속을 걷기도 했지만 꿈쩍도 않는다. 2014년 8월. 시청 앞 광장에 또 나갔다. '세월호 특별법 제정 촉구를 위한 범국민대회'. 내 발로, 이렇게 찾아갔으니 분명 달라질 게다. 그런데 여전히 변화가 없다.

늦은 밤 텅 빈 광화문 광장에 앉아 가만히 생각해보다 무릎을 탁 쳤다. 다른 점이 있다. 2013년, 2014년 나는 시청 앞 광장으로, 광화문 광장으로 나가긴 했는데 뛰질 않았다. 조용히 앉아 있거나, 걷거나, 그림을 그리거나, 누워 있거나 했다. 그래서 안 달라지는 걸까? 뛰어야 달라질까? 뛸까?

촛불 파도

2008년 미국산 쇠고기 수입 반대 대규모 촛불집회를 멀리 미국에서 텔레비전 뉴스를 통해서만 봤었다. 화면 속에서 출렁이던 촛불, 촛불들. 2013년 시청 앞 촛불집회에 처음 참석했다. 날이 어둑해지면서 하나둘씩 켜지는 촛불들. 손에 손에 촛불을 들고 줄 맞춰 일어섰다 앉았다 하면서 펼치는 촛불 파도타기는 말 그대로 장관이었다. 각자 손에 든 촛불 때문에 낯모르는 사람들이 더 따뜻하게 느껴지는 느낌. 울컥했다. 촛불집회는 1968년 미국에서 베트남 전쟁을 반대하는 반전시위의 하나로 마틴 루서 킹 목사 등 반전 운동가들에 의해 시작됐다고 사전에는 적혀 있는데…… 정작 미국에선 이런 대규모 촛불집회 현장을 한 번도 구경 못했었다.

감동적이어서 "너무 멋진 거 아냐?" "이거 세계무형문화재로 지정돼야 하는 거 아니야?" 하며 흥분하다 친구들로부터 "뒤늦게 웬 호들갑이냐?"고 타박받기도 했었다. 광화문, 시청 앞의 촛불집회, 촛불 파도타기가 실제로 중요한 사회 변화를 이뤄내면서 백 년 넘어 이어진다면 진짜 세계무형문화재가 될 법하다고 생각한다.

하나 아쉬웠던 점. 멀리 미국에서 혼자 텔레비전 뉴스로 보면서 각자 집에서 초를 준비해 오는 줄 알았었다. 처음 촛불집회에 참

KOREANA HOTEL
길이길이 지키세
8·15

석하는 날. 집에 나뒹굴던 어설픈 초를 하나 챙겨 갔는데 날이 어둑해지면서 주최 쪽에서 똑같은 초를 시민들에게 몽땅 나눠주는 게 아닌가? 각자 정성을 담은 자신들만의 초를 들고 벌이는 촛불 집회가 됐으면 하는 아쉬움이 컸다.

집집마다 거실이나 안방 한구석에 한참 녹아내린 굵직한 초들이 여러 개씩 쌓여 있다. 노란색의 초를 가리키며 엄마가 이야기한다. "이게 바로 너희 어릴 때 엄마 아빠가 국정원 대선 개입을 규탄하면서 시청 앞에 들고 나가 태웠던 초란다. 그다음 해에 세월호 특별법 제정을 촉구할 때 들고 나가기도 했지. 이 초 덕분에 그래도 세상이 많이 좋아졌지." 뭐 이렇게 아들딸들에게 조근조근 설명해줄 수 있게 말이다.

아름다운 식판

2014년 가을엔 김운경 작가의 드라마 〈유나의 거리〉를 참 열심히 봤었다. 혼자 웃다가 울다가, '햐, 김운경 작가 참 열심히도 취재해서 썼구나' 감탄하다가……. 〈유나의 거리〉에는 보육원에서 자란 아이들 이야기가 많이 나왔다. 드라마 속 주인공인 소매치기, 깡패, 도둑 등 뒷골목 인생들이 한 번씩은 거쳐 온 보육원, 다시 생각하기도 싫은 곳.

"엄마 아빠 없이 사는 보육원 아이들의 식비가 한 끼당 1,420원으로 책정되어 있습니다. 저소득층 아이들을 돌보는 지역아동센터의 보건복지부 권고급 식단가도 한 끼당 3,500원. 이 권고치 절반에도 못 미치는 식비가 보육원 아이들의 식비입니다. 현재 보육원에서 생활하고 있는 아이들의 숫자는 1만 6,000명. 이들의 한 끼 식비를 3,500원대로 올리려면 매년 300억 원 정도의 재원이 더 필요합니다."

아름다운재단에서 일하던 2012년 겨울. 보육원 아이들의 식비 현실화를 위해 벌인 모금 캠페인의 취지였다. 감성에 호소한 캠페인은 성공을 해 모금도 꽤 많이 하고, 2013년 한 끼 식비를 2,069원으로 인상시키는 부분적인 성과를 거두기도 했었다. 2013년에

서울우유
XYLITOL·F

는 열여덟 살이 된 보육원 아이들이 독립할 때 받는 '자립정착금'이 터무니없이 낮게 책정된 문제점을 지적하는 캠페인을 벌이기도 했다.

보육원 아이들 이야기만 나오면 난 늘 코끝이 시큰해진다. 사실 내가 엄마가 되어보기 전에는 그리 절실하지 않았다. 엄마가 되어 내 아이에게 차별적인 폭풍 사랑을 쏟아본 후에야, 나 같은 '엉터리 엄마'까지 이기적인 사랑을 퍼붓는 이런 가족이기주의 사회에서 '엄마 없이 자란다'는 게 얼마나 서러운 일일지 실감이 났다. 보육원 아이들의 식비 현실화를 위한 캠페인을 벌일 때는 '아이들에게 주고 싶은 식판'과 '아이들에게 주기 싫은 식판'이라는 제목의 펜화 2점을 밤새워 그리기도 하고, 보육원 아이들의 먹는 문제에 큰 관심을 가진 사람인 양 방송에 나가 목청 높여 떠들기도 했다. 그런데 캠페인이 끝나고는 보육원 아이들을 까맣게 잊어버렸다. 〈유나의 거리〉를 보면서 또 보육원 아이들 생각을 많이 했었는데, 드라마가 끝난 후에는 또 잊어버렸다. '보육원에서 나와야 하는 열여덟 살 아이를 한 달이라도 우리 집에 머물게 해서 이것저것 도와줘볼까?' 그런 생각을 혼자 해본 적이 있었다. 금방 머리를 절레절레 흔드는 나 자신을 발견하고는 얄팍한 내 이웃 사랑에 너무 부끄러워졌었다.

세월호 가시

세월호를 생각하면 목에 걸린 가시가 내내 빠지지 않고 있는 듯한 느낌이다. 무언가를 해야만 할 텐데, 어디서부터 어디까지 해야 할지 몰라 쩔쩔맸다. 가슴이 울렁거려 뉴스를 볼 수 없었으니 상황을 제대로 판단하기도 어려웠던 것 같다.

지난여름 광화문에서 유민아빠의 단식에 1일 국민동조단식을 했다. 가슴에는 '세월호참사 국민단식 1일째', 등에는 '특별법을 제정하라'를 붙이고 천막 아래 앉았다. 여기저기서 모여든 사람들은 목소리를 높이지도 않고 조용히 앉아 책을 읽거나 삼삼오오 이야기꽃을 피운다. 나는 유민아빠가 단식하던 단식장 천막을 그리기 시작했다. 눈을 들어 천막을 보는데 갑자기 이순신 장군과 눈을 딱 마주친 느낌이었다. 천막 뒤에 서 있던 이순신 장군 동상이 단식장을 딱 내려다보고 있는 게다. '바다에 능통했던 이순신 장군이 세월호 참사를 더 안타까워하지 않았을까?' 싶기도 했다. 그 후 친구들과 함께 세월호 참사를 형상화한 걸개그림 그리기 작업에도 몇 번 참석했다. 그래도 목에 걸린 가시는 빠질 기미도 없다. 뭔가를 하긴 해야 할 텐데……. 이럴 때 화가는 뭘, 어떻게 해야 하나?

특별법을
제정하라

에필로그

10년 뒤 할 말 있습니다

지난해 말 인터넷에 글과 그림을 함께 연재했다. 한 인터넷 업체에서 진행한 서비스였다. 내가 왜 27년간의 직장 생활을 때려치우고 화가가 되겠다고 결심했는지, 가난한 화가의 길을 걸어가기 위해 어떻게 고군분투하고 있는지를 그림과 함께 쓴 글들이었다. 첫 글을 올려놓고 걱정도 됐지만, 내심 "아~ 대단하다! 용감하다!" "멋지다! 훌륭하다!"라는 반응이 줄을 이을 것으로 기대하고 있었다. '쉰다섯 살에 길거리 화가로 나선' 내 이야기가 신문에 보도된 후 많은 이들로부터 관심을 받아 좀 으쓱해 있던 상황이었기 때문이다.

그런데 이상했다. 이어지는 댓글들이 심상찮았다. '배가 불러 생쇼를 하고 있네!' '그걸 그림이라고 그리냐?' '딱 취미 생활 수

준이네' '직장 생활하는 사람 무시하는 거야 뭐야! 직장 때려치운 게 그렇게 자랑이냐?' '그림이 그리고 싶다고 쉽게 술술 그려지는 줄 알아?' '잘난 척하지 말고 정신 똑바로 차려!' 얼굴이 후끈후끈 달아오를 쌍욕 수준의 댓글들이 줄을 잇는 게 아닌가? 속이 부글부글 끓어올랐다. 내 진심을 몰라주는 듯한 댓글들에 눈물이 쏙 빠질 정도였다. 예전 인터넷 뉴스 부서에서 일할 때 네티즌들과 설전을 해본 경험이 있었던 터라, 대대적인 복수혈전을 준비했다. '요 댓글에는 조 논리로 반박하고야 말리라' '저 댓글에는 요 사례로 코를 납작하게 해주어야지' 이리저리 궁리하느라 새벽까지 잠을 설쳤다.

아침에 일어나 준비한 글을 쓰겠다고 책상 앞에 앉았다. 쓸 말은 넘쳐나는데 글이 안 써진다. 한참을 멀뚱멀뚱 앉았는데 갑자기 뒤통수를 툭 때리는 듯한 깨달음이 왔다. 내가 '직장을 때려치우고 가난한 화가로 살겠다' '취미 생활이 아니라 생업으로 화가를 하겠다' 어쩌구 하면서 목청 높여 떠들어댄 건 그야말로 말로 떠들어댄 선언문일 뿐이었다는 사실을 퍼뜩 깨달은 거다. 선언문은 그 문구에 맞는 실천이 이어지지 않으면 종이 한 장의 가치일 뿐 아무런 생명력도, 힘도 갖지 못한다. 내가 바로 그런 수준이었구나 하는 아픈 각성이 왔다.

진로 선택을 놓고 고민하던 후배들이 상담해 오면 자주 해주던 이야기가 있었다.

“네 주변에 휘발유 통이 쏟아져서 휘발유 냄새가 나는 것인지, 네 발밑 저 아래에 어마어마한 유전이 있어서 거기서 기름 냄새가 솔솔 올라오는 것인지 잘 함 생각해봐.”

“무슨 말인지 잘 모르겠는데요.”

“휘발유 통이 쏟아졌을 때 나는 냄새는 저 어딘가에 묻혀 있을 유전에서 나는 냄새보다 훨씬 더 강력해. 정신이 아찔해질 정도로. 그런데 얼마 지나지 않으면 휘발유 냄새는 감쪽같이 사라져버린다는 거야. 유전에서 올라오는 냄새는 약하지만 시간이 지날수록 강력해지는 데 반해서 말이야.”

“그걸 어떻게 알 수 있죠? 제가 이 일을 하고 싶은 게 제 주변에 휘발유 통이 쏟아져서인지, 제 발 아래 유전이 숨어 있어서인지 어떻게 알 수 있죠?”

“아무도 모르지. 나도 사실 잘 몰라. 내 욕망이 휘발유 냄새 때문인지, 유전 때문인지. 그걸 알아내기 위해 내가 쓰는 방법은…… 지금 내 시간과 돈을 어디에 쓰고 있는가를 분석하는 거야. 시간과 돈을 쓰는 데 아깝지 않고 즐거운 일. 그게 바로 휘발유 냄새 때문이 아니라 유전 때문에 하는 일이더라구. 그리고 그냥 10년쯤 견뎌내는 거야. 휘발유 냄새는 1~2년이면 다 날아가거든.”

“흠흠…….”

“흠흠……. 뭐 말 좀 되냐?”

내가 10년쯤, 아니 그 이상 내가 말한 대로 살아내고, 그려내고, 써내고, 견뎌내고 나서야, 아니 그러고 나서도 이해받기 힘든 일이란 걸 당장 그림 몇 장으로, 글 몇 줄로 이해받고 싶어 한 내 욕심 때문이었다는 사실을 선명하게 깨달은 거다.

갑자기 송곳으로 쑤셔대는 것 같던 네티즌들의 댓글이 10년, 20년 쭉쭉 그렇게 함 살아보라고 나를 '쎄게' 단련시키는 따뜻한 댓글들로 보이기 시작했다. 숨어 있던 나의 치기 어린 욕심을 내려놓는 순간이었다.

옥상화가의 그림 목록

서촌옥상도 I

펜, 29.4×42cm, 2014 / 6쪽

우리 집 옥상에 올라가 처음으로 그려본 옥상도.
전봇대의 새들이 한참 동안 내 친구가 되어주었다.

자화상

펜, 20×10cm, 2012 / 20쪽

나로 말할 것 같으면 결정적인 순간에 용감해지는 여자.
내가 자유로워지기 위해. 내가 살기 위해.

여름

펜&수채, 23×30.5cm, 2013 / 27쪽

집 앞 계단에 앉아 앞마당을 그렸다.
여름이 뜨겁게 무르익어가고 있을 때였다.

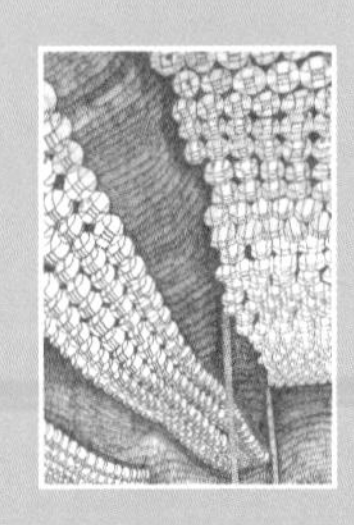

백팔번뇌

펜&수채, 20×30cm, 2013 / 33쪽

초파일에 조계사에 매달린 등을 그렸다.
그리다 그리다 지쳐 못다 그렸다.

자하

펜&수채, 23×30.5cm, 2014 / 36쪽

가까운 후배가 동네에 연 화덕피자집 개업 선물로 그려준 그림.
화덕과 기와집의 묘한 조화를 표현하고 싶었다.

신인왕제색도

펜&수채, 23×30.5cm, 2013 / 41쪽

여름철 땀 삘삘 흘리며 처음 그려봤던 동네 풍경이다.
이때부터 인왕산이 내 그림 속에 등장하기 시작했다.

mill

펜&수채, 30.5×23cm, 2014 / 43쪽

사무총장으로 일했던 직장 근처 빵집에서 '알바'를 한다는 일이
부끄러운 일인가? 아무리 생각해도 아니다.

여름 끝자락

펜, 30.5×23cm, 2014 / 50쪽

여름 끝자락의 느낌을 붙잡아보려 애썼다.
그 순간, 그 찰나 내 눈에 보이던 것들을 세밀하게.

4월 어느 날

펜&수채, 20×30cm, 2013 / 54쪽

그림 그리려고 퇴근길에 꽃집에 들러 일부러 화분을 샀다.
연애하는 설렘으로 매일매일 그림을 그리던 어느 4월이었다.

오늘도 걷는다 II

펜, 84×29.4cm, 2014 / 66쪽

서촌옥상도 V

펜, 84×29.4cm, 2014 / 70쪽

서촌옥상도 IV

펜, 84×29.4cm, 2014 / 72쪽

서촌옥상도 II

펜, 84×29.4cm, 2014 / 76쪽

서촌옥상도 VIII

펜, 29.4×84cm, 2014 / 78

서촌옥상도 VII

펜, 29.4×84cm, 2014 / 78

서촌옥상도 VI

펜, 29.4×84cm, 2014 / 79

서촌옥상도 III

펜, 29.4×84cm, 2014 / 79

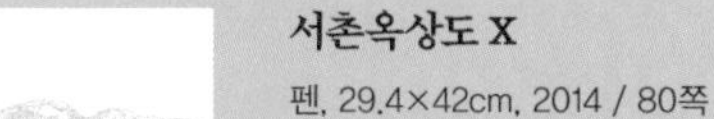

서촌옥상도 X

펜, 29.4×42cm, 2014 / 80쪽

아현동 기타

펜&수채, 20×30cm, 2013 / 83쪽

철거 직전 아현4주택재개발지역에서 만났던 기타.
그 기타를 그리면서 펜화의 세계로 빠져들었다.

오늘도 걷는다 I

펜, 42x29.4cm, 2014 / 85쪽

경찰청으로부터 사과 편지를 받은 후 오래 앉아 그려봤다.
끝까지 그려볼 테다.

북촌

펜&수채, 20×30cm, 2013 / 88쪽

북촌의 한옥 집들과 골목들.
펜으로 처음 그려본 한옥이었다.

청운아파트

펜, 42×29.4cm, 2014 / 92쪽

30여 년 전 대학시절, 내 방이 있던 바로 그 자리,
내 책상에 앉아 바라보던 그 풍경을 그렸다.

늦가을

펜, 23×30.5cm, 2013 / 95쪽

동네 보건소 앞에 앉아 그린 감나무. 앙상한 나뭇가지에
매달린 주황빛 감들이 인왕산 아래 반짝반짝 빛나고 있었다.

빨래 널어 좋은 날

펜&수채, 30×20cm, 2013 / 96쪽

성북동 빈촌 집 앞 마당에서 나부끼는 빨래들.
빨래가 널린 모습은 내일이 있는 삶을 의미하기도 한다.

성우이용원

펜, 42×29.4cm, 2014 / 100쪽

1927년 문을 연 우리나라에서 가장 오래된 이발소.
뭐든 오래 묵어야 제맛이다.

왼손으로 그린 해바라기

펜&수채, 12.5×18cm, 2014 / 105쪽

왼손으로 그린 거친 선이 오히려 정겹기도 하다.
훈련되지 않은 내 속 야성이 쑥쑥 고개를 내민 현장 같달까.

한여름

펜, 29.4×42cm, 2014 / 107쪽

영국의 조각가 안토니 곰리(Antony Gormley)의 벌거벗은 남자
조각상이 묘한 풍광을 연출하는 창성동 골목.
땡볕에 쭈그리고 앉아 그렸다.

백사마을

펜&수채, 20×30cm, 2013 / 110쪽

선생님이 보내준 사진만으로 그려본 그림.
현장에 가보지 않고 그린 유일한 풍경 그림이다.

입춘대길

펜&수채, 29.4×42cm, 2014 / 120쪽

봄을 기다리는 간절한 맘을 담아 그렸다.
길거리에서 옥상에서 그림을 그린다는 것은 내 마음속 봄을 찾는 일.

옥인동 47번지

펜, 29.4×42cm, 2014 / 123쪽

폐허와 살림이 공존하는 옥인동 47번지.
재개발을 둘러싼 소용돌이가 언제 터질지 몰라 아슬아슬하다.

윤덕영 살림집

펜, 29.4×42cm, 2014 / 124쪽

대표적인 친일파 윤덕영의 살림집. 처참하게 망가진 모습을
담으려 했는데, 워낙 뼈대가 단단해 여전히 위풍당당해 보인다.

효자동 백 살 할머니집

펜, 42×29.4cm, 2014 / 128쪽

서촌 골목에는 여기저기 백 년 묵은 기와집들이 숨어 있다.
백 살 할머니가 살아 계시던 집.

삼계탕

펜, 20×30cm, 2012 / 139쪽

그림쌤이 내준 숙제하느라 주린 배를 움켜쥐고 잠들어야 했다.
한참 그리다 오밤중에 삼계탕을 끓여 먹을 수도 없고.

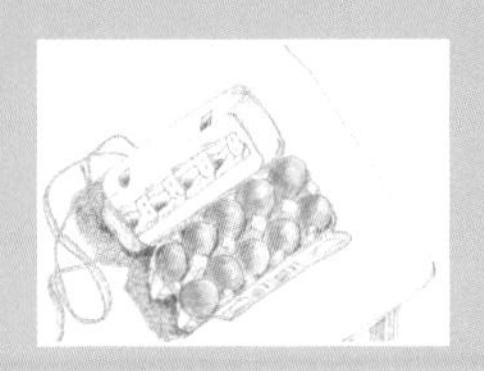

달걀

펜&수채, 18×12.5cm, 2014 / 141쪽

'페친'들만을 위해 처음 그려본 그림. 내 그림을 좋아해주는
친구들을 위한 마음이 잘 보일까?

옥인상점

펜, 23×30.5cm, 2013 / 144쪽

인왕산이 보이는 곳이면 어디든 앉아 그리던 때. 수성계곡
올라가다 인왕산이 보이기 시작해 무턱대고 앉아 그렸다.

날고 싶다

펜&수채, 20×30cm, 2013 / 146쪽

부엌 식탁 위에 놓인 새들을 그렸다. 엄마를 기억나게 하는
부엉이를 노랗게 노랗게 칠했다.

웨슬리안

펜, 30.5×23cm, 2014 / 152쪽

딸이 다니는 미국 대학에 가 열흘 정도 머물면서 그린
도서관이다. 딸에 대한 애정을 듬뿍 담아 한 땀 한 땀 그렸다.

떠남

펜, 18×12.5cm, 2014 / 165쪽

모든 것은 버리고 떠나는 것에서부터 다시 시작되는 법.
떠나는 일은 고통스럽지만 설레기도 한다.

홍콩풍경 II

펜, 18×12.5cm, 2014 / 167쪽

처음 그려본 홍콩의 산과 강.
우리 산과 강의 선과는 분명 다르게 느껴졌다.

프로젝트29, 겨울

펜, 12.5×18cm, 2014 / 174쪽

즐겨 찾는 카페에 앉아 눈 오던 날 풍경을 그렸다.
겨울이 깊어지고 있었다.

시청 앞 촛불 II

펜, 18×12.5cm, 2013 / 178쪽

시청 앞에서 열린 국정원 댓글 규탄 촛불시위 모습을 그렸다.
아직도 속 시원히 해결되지 않는 숙제다.

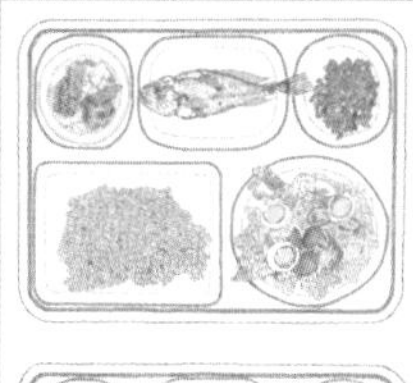

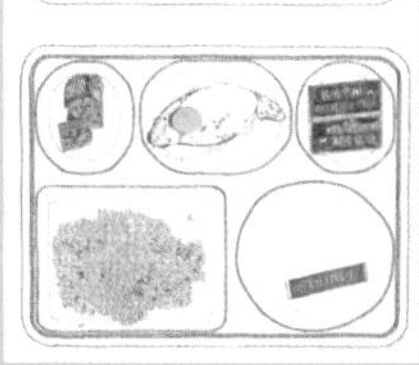

주고 싶은 식판(위)
주고 싶지 않은 식판(아래)

펜&수채, 각 30.5×23cm, 2012 / 182쪽

두 그림을 엽서로 만들어 사람들에게 나눠주기도 했다.
엽서 뒤에는 이렇게 썼다. “낮에는 아름다운재단에서 일하고,
밤에는 그림을 그린다. 예순 살이 넘으면 그림만 그리며
살고 싶어 한다. 요즘 꿈은 ‘아름다운재단’ 기부자들에게
마음을 담은 그림 한 점씩을 선물하는 거다.”

세월호 III

펜, 12.5×18cm, 2014 / 185쪽

시청 앞 광장에서 열린 세월호 특별법 제정 촉구를 위한 대회 풍경.
노란 리본이 펄럭인다.

서촌옥상도 IX

펜, 29.4×42cm, 2014 / 188쪽

담백하고 순수한 서촌 오후 4시의 풍경

이주헌 미술평론가, 전 서울미술관 관장

서촌 오후 4시. 우리가 특정한 장소와 시간을 말할 때는 보통 그 시공간에 존재하는 인간을 이야기하기 위한 의도가 깔려 있다. 이 경우 그 인간은 김미경이다. 그는 누구인가? 화가다. 무엇을 그리는가? 서촌을 그린다. 그리고 오후 4시를 그린다. 서촌은 단순히 경복궁 서쪽에 있는 마을을 의미하지는 않는다. 그에게 서촌은 우리 공동체의 시간과 기억이 응축되어 있는 곳이고, 그의 지나온 삶과 미래의 꿈이 만나는 곳이다. 오후 4시는 그 스스로 언급했듯 그가 느끼는 현존의 시점이다.

이로부터 짐작할 수 있듯 그는 그가 어디 있는지 알고 있는 사람이다. 자신의 좌표를 모르면 자신이 어디로 가야 하는지도 알 수 없다. 그는 그가 어디 서 있는지 명확히 아는 사람이다. 화가로

서 그것은 큰 축복이다. 화가는, 예술가는 다른 그 누구이기 이전에 자신이 선 자리를 아는 사람이고 그것에 대해 이야기하는 사람이다. 그 이야기를 듣고 우리는 우리의 좌표를 가늠할 수 있다. 그리고 우리가 어디로 가야 할지도 파악할 수 있다.

혹자는 말할지 모른다. 그는 미술대학조차 나오지 않은 사람 아닌가? 화가는 졸업장이나 등단 코스로 그 자격을 얻는 사람이 아니다. 화가는 깨달은 사람이다. 자신이 화가인 줄 알고 다른 모든 것을 버릴 수 있으면 그 사람은 화가다. 잘 그리든 못 그리든 그것은 문제가 아니다. 화가는 더하고 곱하는 자가 아니라 빼고 나누는 자다.

김미경의 그림을 보라. 빼고 나누어 풍성하다. 선 하나하나가 순수하고 형태 하나하나가 정겹다. 공교함은 결코 순수함을 이기지 못하는 법이다. 서촌 오후 4시의 풍경이 참 담백하고 순수하다.